珍奈・溫特森＿＿著　Jeanette Winterson
韓良憶＿＿譯

柳橙不是唯一的水果

Oranges Are Not The Only Fruit

給吉兒・桑德斯和名叫芳的貓咪

採用厚果皮的話，表面的浮沫務必撇乾淨，否則最後的成品外觀欠佳。

——摘自畢頓夫人所著《柳橙醬的作法》

柳橙不是唯一的水果。

——奈兒・葛溫

目錄

新版增修譯序

韓良憶

「我是作家，碰巧愛的是女人；而不是我是女同志，碰巧會寫作。」

說出上面這段話的，是英國作家珍奈·溫特森，而此刻你正翻閱的，是她的第一本小說。《柳橙不是唯一的水果》出版時，她才二十五歲，便因此榮獲惠特布雷圖書獎的首作獎（Whitbread Award for First Novel）。

她自己後來在回憶錄中，對這本初試啼聲的作品作出簡潔的註腳：

「那是半自傳體的小說，描述一對信奉基督教五旬教派的父母，領養了一個小女孩，這女孩長大後理應成為傳教士，但她愛上一個女人。災難一場。女孩離開家，進了牛津大學。回鄉卻發現母親已架設好無線電廣播器材，向異教徒傳送福音。」（摘自溫特森的《正常就好，何必快樂》，譯者為三珊。）

故事說來一點也不複雜，然而就憑著這短短一段，敏感的讀者或已領略到，這本書談到的題旨何其複雜，涉及家庭關係、性傾向、同志、愛情，成長過程、啟蒙經驗，還有宗教。凡此種種錯綜複雜卻核心的主題，該如何書寫，會形成何種風格，關乎作者的性格、信念、美學觀等，可以聲淚俱下、厲聲控訴，也可輕鬆詼諧、點到為止，想要徹底抽離、冷眼旁觀，亦未嘗不可。

而溫特森選擇以不矯揉造作、不悲情更不濫情的坦誠筆調，以帶有童心的眼光，靈動輕快地寫出一段不乏苦痛與掙扎的人生歷程。這是一本以「人物」而非「情節」為主體來推動的小說，書中「角色」個個栩栩如生，雖然發生在上世紀的英國，可是書中人遭遇的困境和啟蒙經驗，被作者寫得真摯又動人，即使在多年以後，仍然能夠引發來自另一國度、另一文化的讀者共鳴。

從這本書開始，人的內在宇宙和外在世界的糾結矛盾，便已形成溫特森作品的主調，她喜歡在小說中穿插童話、寓言和傳說，描繪小說主人翁內在的情感、夢想和想像，並藉以對照外在的物質世界，從而塑造出一種獨特的文體，時而抒情，時而激越，時而慧黠，時而飄著淡淡的哀傷，偶爾又有點冷然。無論如何，充滿想像力。

我原本就是溫特森的讀者，當年受邀翻譯這本書時，開心得不得了，但也因此格外有壓力，因為她實在太會寫，身為譯者，我唯恐自己無法傳達出她對文字「聲調」（或者可說是「文氣」）的掌握。我只能設法讓自己貼近作品，深入推敲字裡行間，思索書中每一行字句，揣想著她為何這樣寫，為何用某個詞彙。而我越譯越欣賞溫特森，記得好幾次一邊在電腦鍵盤上打著譯稿，一邊忍不住像呆瓜一樣地喃喃自語：「怎麼有人這麼會寫？怎麼有人這麼會寫？」在我多年的譯者生涯中，像這樣的情況，只有在譯另一本書時發生過。

也許是「粉絲心態」使然，我對這本書付出了較多的感情，去年得知中譯本將重新出版，我自告奮勇，建議由我來再次審閱、修訂——好在我這麼做了，因為在重讀原文並查閱中譯的過程中，我不但重拾閱讀溫特森的樂趣，更重要的是，竟然揪出了譯者——也就是我自己——當年因看花了眼而不小心犯的錯誤，雖然只有幾處不算關鍵性的錯誤，但錯誤就是錯誤，我感到慚愧，不過在這同時，也滿欣慰自己有機會亡羊補牢，還可修潤一部分文字。

因此，讀者現在看到的，並不是與當年出版的譯本一模一樣的書，不過我譯後感並未改變：有人似乎生下來就該寫作，其人活在世上的主要目的，就是寫出一本又一本教人讚嘆的小說，在我心目中，珍奈．溫特森就是這樣的天才作家。

最後，必須說明的是，由於《柳橙不是唯一的水果》主體是女同志的成長故事，有人將之歸類為「同志文學」，但我以為這樣的分類太過狹隘，溫特森自己似乎也不同意。她是這麼說的：「我從來就不明白為什麼異性戀小說就該是人人皆可讀，可是任何有同志角色或包含同志經驗的作品，卻只有酷兒可讀。」

同也好，直也好，不都是人？而文學就是文學，作品或可分出優劣高下，卻哪有性別或性傾向之別？讀者如我，又何苦被刻板印象所制約。

創世紀

跟大部分人一樣，我有很長一段時間都和父母住在一起。我父親愛看角力，母親愛與人角力。不論是為何而角力，都無所謂，反正她站穩角力場上代表中立的白色角落，就是這麼回事。

風颸得最凶的日子，她晾晒最大面的被單。她**就是要**摩門教徒來敲門。我們住在工黨勢力大本營，選舉期間，她在窗口張貼保守黨候選人的照片。

她從來沒聽說過百感交集這種事。世間人事物分成兩種，非敵即友。

敵人：魔鬼（多種形貌）

隔壁的

性（多種形態）

蛞蝓

朋友：上帝

我們家的狗

梅琪姨

夏綠蒂．白朗特的小說

殺蛞蝓藥

起初，我也隸屬於朋友那一方。我被帶進她的陣營，母女同心協力，和世上其他人大打口水戰。她對生孩子這件事，懷抱著奧祕難解的心態，倒不是因為她不能生，而是不想生。瑪利亞趕在她前頭，以處子之身受胎，很叫她吃味，所以她退而其次，收養了一個孩子，就是我。

我簡直記不得我有哪一分、哪一秒不曉得自己是與眾不同的，我們家才不擺設什麼東方三智者，因為她不相信世上有智者，不過，綿羊倒是有的。我最早的記憶之一，就是復活節時坐在羊的旁邊，聽她講獻祭羔羊的故事。每逢禮拜天，我們吃羊肉，配馬鈴薯。

禮拜天是主日，也是一禮拜當中最生氣蓬勃的一天。我們家有部收音電唱機，紅木面板華麗氣派，膠木旋鈕可以轉來轉去，收聽各個電臺。我們一般收聽光明電臺的節目，到了禮拜天則聽全球廣播，以便母親記錄我們的宣教士有何進展。我們家的宣教地圖繪製得可精美了，正面是世界各國，背面有編號圖表，一一說明各個部落和他們的奇風異俗。我最喜歡第十六號，喀爾巴阡山的布祖爾族，那裡的人相信，要是有老鼠找到你剪下來的頭髮，用這些髮絲做了鼠窩，你就會鬧頭疼。那鼠窩倘若夠大，你說不定會發瘋。據我所知，尚無宣教士到過那裡。

每個禮拜天，母親一大早就起床，過了十點鐘，才准人進客廳，那是她禱告和靜思的地方，因為膝蓋不好，她總是站著禱告，這和拿破崙由於個頭矮小，總在馬背上發號施令，是同樣的道理。我真的認為母親和上帝的關係，和她採取的姿態有莫大關聯，她徹頭徹尾是舊約聖經人物，倒不是因為她馴服有如踰越節的羔羊，她一馬當先，作各種預言，要是預言沒有實現，該毀滅的事物沒有得到該有的下場，她便會氣呼呼的一臉惱色。她的預言多半會成真，至於是她精誠所至，還是主的旨意，我就不敢講了。

她禱告的方式總是一模一樣，首先感謝上帝又讓她多活了一天，接著謝謝上帝又施捨了一天給世間，再來她會提到她的敵人，對她來講，再沒有什麼能比這一段禱詞更接近要理問答了。

一旦「主啊，我必復仇」這幾個字穿牆而來，傳至廚房，我就開始燒水，水一開，便沏茶，這時她往往禱告到最後一個項目，也就是誦念病人名單。她行事很有規律，我把牛奶加進茶裡，她走進來，喝上一大口，講一句話，這句話不脫下面這三句。

「上主慈善。」（眼神冷冷地投向後院）。

「這是什麼茶？」（眼神冷冷地投向我）。

「聖經裡最年長的是哪一位？」

第三號問題當然有很多種不同的變化，不過一定是考聖經。我們教會有一大堆聖經考試，母親喜歡看到我贏。我知道解答的話，她便再問我一個，不知道的話，她就會發脾氣，幸好不會氣很久，因為我們得收聽全球廣播了。每一回都一樣：我們分坐收音電唱機的兩頭，她端著一杯茶，我拿著板墊和鉛筆，宣教圖在我們面前。調頻器正中央傳來遠方的聲音，報告種種有關宣教行動、改信主和難關的消息，新聞報導末了，則向**所有禱者**提出呼籲。我得把所有的內容都寫下來，以便母親當晚到教會作報告用，她是宣教書記。宣教報導是我的一大考驗，因為我們當天中午能吃到什麼，全看它了。倘若報導的內容不壞，沒人死亡，有很多人改信基督，母親會燒上一大塊肉。要是不信上帝的人不但冥頑不靈，甚且殺害忠良，母親接下來一整個早上會只聽《吉姆．瑞夫斯[1]的虔信歌曲精選輯》，我們就只有水煮蛋和烤麵包可吃了，她的丈夫生性隨和，但是我知道這叫他好生沮喪。他大可自個兒燒飯來吃，但是母親打骨子裡認定，全家就只有她分得清楚什麼是鍋子，什麼又是鋼琴。就我們所知，她的想法有誤，可就她所知，她的想法正確無誤，而說實在的，只有她的話才算數。

不知怎的，我們安然度過那些早上，到了下午，我和她一同出門遛狗，父親則把每雙皮鞋都擦乾淨。「你可以從鞋子來判斷人，」母親說，「不信，你瞧隔壁的。」

「酒鬼。」我們走出門，經過鄰居家時，母親陰惻惻地說，「所以了，他們淨買馬西．鮑爾的次級貨。魔鬼本身就是個酒鬼。」（母親偶爾愛自創神學。）

馬西．鮑爾擁有一家大零售店，衣服廉價但不耐穿，還有股工業膠水的臭味。每到禮拜六上午，走投無路的人、粗心邋遢的人和最窮途潦倒的人，在那兒你爭我搶，能搶到什麼是什麼，然後拚命討價還價。母親寧可餓肚子，也不肯給人看見上鮑爾商行買東西，她把一大堆有關那地方的恐怖事情都講給我聽。她那麼講可算不上公道，因為有不少我們認識的人也都上那兒購物。不過，她從來也不是個特別公道的人，她愛恨分明，而她恨極了鮑爾商行。有年冬天，她迫不得已，在那兒買了件束身內衣，結果就在那個禮拜天，聖餐式進行到半途時，一根鋼絲滑出來，不偏不倚刺到她的胃部。足足有一個鐘頭之久，她束手無策，啥也不能做，等我們回到家，她扯爛束身內衣，把鋼絲拿來支撐我們種的天竺葵，還抽出一根給了我。我依然保存著那根鋼絲，每回我差一點要將就現實、方便行事時，只要想想那根鋼絲，腦筋就會變得清楚一點。

我和母親往小山上走，坡頂就是我們家那條街的最高點。我們住的這個小鎮建在山谷之間，鎮上擠擠挨挨，到處是煙囪啦、小小的店鋪啦，還有背靠背又沒院子的房屋。我們的周遭全是山丘，我們所在的那座小山向本寧山脈延伸而去，走勢斷斷續續，不時受到這裡一間農場、那裡一片戰爭遺跡所阻擾，山坡上原本有很多舊油槽，不過後來被鎮代表會統統拿走。這個小鎮像是一大片汙漬，街道向四面八方伸展開來，不斷地往上方走，伸進綠地當中。我們家就位在一條又長又直的石板坡路快到山頂的地方，路面鋪著卵石。爬到山頂，往下俯瞰，景色一覽無遺，那感覺就像登上聖殿頂的耶穌，只不過不必受什麼試探就是了❷。向右方看去，有座陸橋，陸橋後面是艾力森廉租國宅，那兒

❶吉姆．瑞夫斯（Jim Reeves，1923-1964），美國鄉村歌手，歌聲有磁性。
❷參見新約聖經馬太福音第四章，耶穌受到試探，被魔鬼帶到聖殿的頂端。

每年都會舉行一次園遊會。母親准我去逛逛，逛完得帶一罐黑豆回家給她。黑豆模樣肖似兔子屎，豆罐的湯汁稀稀的，是由高湯和吉普賽豆糊混煮而成，這些豆子好吃極了。吉普賽人把四周環境弄得亂七八糟，又通宵不眠，母親說他們是一批姦夫淫婦，不過我們雙方大體上相安無事。他們對裹了脆糖衣的蘋果不翼而飛睜隻眼、閉隻眼。偶爾，園遊會上沒什麼遊客，而你手邊的錢又不夠的時候，他們還是會讓你玩一趟碰碰車。我們以前常常在蓬車邊打起架來，一方是我們那條街的孩子，另一方是住大馬路有錢人家小孩。愛擺派頭的富家小孩參加小女童軍，不在學校吃營養午餐。

有一回，我拿了黑豆正要回家時，那個老太太一把抓住我的手，我以為她想咬我，她卻盯著我的掌心瞧，笑了兩、三聲。「妳一輩子都結不了婚，」她說，「可沒妳的份，而且妳一輩子也安定不下來。」她沒收我豆子錢，又叫我趕快跑回家。我跑呀跑的，心裡直納悶她到底是什麼意思。反正，我還沒想到結婚的事，我認得兩個女的，她們就沒有丈夫，不過她們年紀很老，跟我母親一樣老。她們開了家書報店，每逢禮拜三，我去那兒拿我的漫畫書，她們有時會送我一根香蕉棒。我很喜歡她們，常向母親講起。有一天，她們問我想不想同她們一道去海邊玩，我飛奔回家，口齒不清地報告這件事，忙不迭地掏我的存錢筒，好買把新的沙鏟，母親斷然拒絕，不由我分說。我不明白原因何在，她不肯說明，甚至不准我回店裡說我不能跟她們去，後來又取消我在那兒訂的漫畫，叫我以後改到比較遠的另一家店去拿。我很難過，葛氏商店從來沒送過我香蕉棒。兩、三個禮拜以後，我聽到母親對白太太講到此事，她說，她們懷有違反自然的熱情，我當時以為她的意思是說，她們賣的糖果裡摻了化學物。

我和母親不斷地往山上走，直到整個小鎮都遠遠地落在我們身後，而我們已爬到最高處的紀念石碑。那兒的風老是颳得特別厲害，母親得多用幾根帽針來固定帽子。她平時總繫條頭巾，禮拜天除外。我們坐在石碑臺座上，她感謝主保祐我們終能爬上小山頂，然後即席抒發她對人間之善惡、世人之愚昧以及天譴終究不可避免的看法。接著，她跟我講了個故事，說有個英勇的人蔑視世俗肉欲的果實，而獻身服事主……。

有個故事講到一個「改信主的掃煙囪工人」，那傢伙骯髒又墮落，沉迷杯中物，還有一身的壞習慣。有一天他在掃煙囪時，找到了主，他進入狂喜神遊的狀態，在煙囪裡待了好久好久，以至於他的朋友都以為他昏迷不醒了。他們費了好大的勁，才把他勸出煙囪。他們宣稱，雖然他臉上沾滿煙灰，都快分不清五官的位置，可是那張臉卻熠熠發光，像天使一樣。他開始帶領主日學課程，隔了一陣子，邁向榮耀，亡故了。還有很多很多的故事，我特別喜歡「哈利路亞巨人」，說的是有個生來畸形的人，因為虔心禱告，從八呎高縮成六呎三吋。

母親偶爾愛把她自己信主的故事講給我聽，那故事好浪漫啊！我有時會想，倘若密爾彭出版社❸專出有關宗教復興的書，那母親就會是顆明星。

有天晚上，她找錯地方，走進史普雷牧師的榮耀傳道會。他們在空地上搭起一座帳篷，史普雷牧師每晚講述被罰下地獄者的命運，並施行醫療神蹟。他這個人非常令人難忘，母親說他長相肖似艾洛·弗林❹，可是還帶股神聖的氣質。許多婦女在那個禮拜找到了主。史普雷牧師的群眾魅力，部分來自於他以前的經歷，他當過拉氏鑄鐵公司的廣告經理。他很清楚該如何放釣餌，紀事報多少有點酸溜溜地問他，為什麼送盆栽給新歸主懷的人。「放釣餌沒有什麼不對，」他說，「我們奉命作釣者，得人如得魚。」母親受到感召時，拿到一本聖經詩篇，他們還問她，螃蟹蘭（不開花）和鈴蘭，她想要哪一樣，她早就盤算好，因此選了鈴蘭。父親第二天晚上去教會時，她吩咐他別搞錯，一定得挑螃蟹蘭才行，可是輪到他的時候，螃蟹蘭全給光了。「他這個人，一向不怎麼積極，」她常講，過了半晌，又說，「願上帝保祐他。」

史普雷牧師不在外從事榮耀傳道活動時，都住在教會，母親就是在那時，發覺自己對宣教工作有執著不變的興趣。牧師本人多半待在叢林和其他炎熱地區，幫助異教徒改信主。我們家有張照片，畫面上的他被拿著長矛的黑人團團簇擁，站在中間。母親把照片擱在她的床頭，母親很像威廉．布雷克❺，她有靈視和夢想，有時候分不清楚跳蚤腦袋和國王的差別，幸好她不會畫畫。

有天晚上，她出走家門，思索生命，考慮自己有哪些可能的發展，思考有哪些事是她辦不了的。她的叔叔當過演員，「非常優秀的哈姆雷特。」紀事報說。

然而種種光采都已是明日黃花，淹沒在歲月之中，威爾叔公過世時兩袖清風，母親芳華不再，人心不古。她愛講法語，喜歡彈鋼琴，可是這些又代表什麼呢？

從前從前，有個聰明又漂亮的公主，她生性易感，一隻飛蛾死掉了，就讓她難過好

---

❸ 密爾彭（Mills and Boon）為英國出版社，專出言情小說。

❹ 艾洛．弗林（Errol Flynn，1909-1959）是好萊塢一九三〇、四〇年代的偶像明星，最出名的角色是俠盜羅賓漢。

❺ 威廉．布雷克（William Blake，1757-1827）是英國浪漫主義詩人。

幾個禮拜。家人一籌莫展，策士絞扭雙手，賢士搖頭，諸位英勇的王公心願落空，悵然離去。如是這般，多年過去，有一天，公主出宮到林間散步，來到一個駝背老婦住的小屋，老婦知曉魔法的祕密。這老太婆看出來，公主是位擁有巨大能量、足智多謀的女性。

「姑娘，」她說，「小心妳會被自己的火焰灼傷喔。」

駝背老婦對公主說，她年事已高，巴不得早點喪命，卻因眾多責任在身，一時還死不了。她掌管一個小村，村民都是些尋常百姓，她是他們的導師兼朋友。公主願不願意接替她的位子呢？她的職責有：

擠山羊奶

教育百姓

為百姓的慶典作曲

為助其一臂之力，公主可以獲得一把三條腿的凳子，加上駝背老婦所有的藏書，最棒的是，還有老婦人的簧風琴，這部樂器年代悠久，有四個音階。

公主答應留下，把皇宮啊，飛蛾啊，都忘得一乾二淨。老婦人謝過她，即刻死亡。

我的母親那晚出門散步，心中浮現一個夢境，那個夢持續到白天。她要有個孩子，要加以訓練，加以塑造，並將之獻給主：

宣教的孩子

上帝的僕人

主恩

所以，後來，就在那特別的一天，她追隨一顆星子，來到一間孤兒院，那裡有張嬰兒床，床上有個孩子，一個頭髮太茂密的孩子。

她說：「這孩子是主賜給我的。」

她抱走孩子，有七天七夜，孩子因為恐懼，因為茫然無知，大聲哭號。母親唱歌給孩子聽，戳刺魔鬼。她了解聖靈有多麼嫉妒肉身。

如此溫暖柔嫩的肉身。

如今是從她腦袋裡頭迸出來、屬她所有的骨肉了。

她的靈視。

可不是從臀骨底下那一陣震盪得來的，而是水和主的消息。

這下子，她以後的許許多多年，人生都有個出口了。

我們佇立小山上，母親說：「世界充滿罪惡。」

我們佇立小山上，母親說：「妳可以改變世界。」

✦

我們回到家時，父親在看電視，「大力士威廉」和「獨眼龍強尼史道」正在比賽角力。母親氣得要命。我們禮拜天一向把電視機罩起來，我們有塊**舊約事蹟**桌布，是有位作出清存貨生意的先生送給我們的。那塊桌布大的很，我們把它收在特別的抽屜裡，裡頭還藏了一片蒂芬妮玻璃和幾張黎巴嫩羊皮紙，此外沒有別的東西了。我不懂我們幹麼要收藏羊皮紙，我們原以為上頭寫的是舊約的部分章節，結果卻是養羊場的租約。父親甚至懶得折疊桌布，我看得到「摩西接受十誡」在電視支架底下皺成一團。「麻煩要來了。」我想，然後宣布打算去救世軍那裡上鈴鼓課。

可憐的老爸，他從來就不夠像樣得體。

當晚，教會裡來了位客席講道人，來自史托港的芬奇牧師。他是魔鬼專家，他的證道駭人聽聞，內容不外乎說明人有多容易被魔鬼附身，我們事後都覺得心裡疙疙瘩瘩的。白太太說，依她看，她的隔壁鄰居八成就被魔鬼附了身，種種著魔的跡象，他們可是一樣也不缺。芬奇牧師說，被魔鬼附身的人脾氣一發便不可收拾，會冷不防地迸出狂野的笑聲，而且永遠永遠都詭計多端。他提醒我們，魔鬼自己呢，可以喬裝為光明的天使前來。

作完禮拜，我們好好地吃了一頓。母親做了二十份蛋奶糊百匯甜品，又照慣例做了一大堆乳酪洋蔥三明治。

「你永遠都可以從做三明治的手藝裡頭，看出一位女士有多麼賢慧。」芬奇牧師宣稱。

母親羞紅了臉。

接著，他偏過頭對著我說：「小朋友，妳幾歲？」

「七歲。」我回答。

「喔，七歲，」他喃喃低語，「多麼有福啊，七天創世，七盞燭臺，七個封印。」

（什麼七個封印？我的指定讀物尚未將啟示錄包括在內，我還以為他指的是舊約裡頭的某種兩棲動物，被我讀漏了。我花了好幾個禮拜想找到有關章節，以免聖經考試考到❻。）

「是的，」他往下講，「多麼有福。」他突然臉色一沉，「可是，又是多麼悲慘。」他說著說著，用拳頭擊了桌子一下，一塊乳酪三明治應聲彈進奉獻袋。一切盡收我的眼底，可是我當時已被搞得糊里糊塗，忘了跟別人講，過了一個星期，在姊妹聚會時才有人發現這塊三明治。除了又聾又餓的羅太太，整桌子的人霎時靜了下來。

「魔鬼可以帶著厲害**七倍**的勢力再來。」他掃視全桌的人一圈。（羅太太用湯匙刮盤子。）

「**七倍呀**。」

（「這塊蛋糕有沒有人要？」羅太太問。）

「最好的可以變成最壞的，」——他拉起我的手——「這個純真的孩子，這朵聖約之花。」

「那我就不客氣了。」羅太太宣布。

芬奇牧師狠狠瞪她一眼，不過他可不是容易氣餒的那種人。

「這朵小百合花裡，可能充滿了魔鬼。」

「呃，洛依，別激動。」芬奇太太焦急地說。

「葛瑞絲，別打斷我的話，」他喝道，「我只不過打個比方。上帝賜給我一個機會，而上帝所恩賜的一切，我們切切不可浪費。

「大家都聽說過，有那最神聖的人突然變得一身都是罪惡。還有不少的婦女、不少的孩子也有這種情形。各位為人父母的，請注意孩子有沒有變惡的跡象；為人夫者，請注意你們的妻子。願主賜福。」

他放開我的手，我手心都起皺了，溼答答的。

他把他的手在褲管上擦了擦。

「洛依，何必累壞了自己，」芬奇太太說，「來，吃點蛋奶糊甜品，裡頭摻了雪莉酒喔。」

我有點難為情，因此走進主日學教室，裡面有玩具紙偶，可以用來模擬聖經場面，我正要開始改寫獅子坑中的但以理事蹟時❼，芬奇來了。我把雙手插進口袋裡，低頭看

❻封印的原文為seal，與海豹是同字異義。
❼參見舊約但以理書第六章一至二十八節。

著亞麻地板。

「小朋友。」他開口說，接著看到紙偶。

「那是什麼？」

「但以理。」我回答。

「可是這樣不對啊，」他驚駭地說，「妳難道不曉得但以理自獅口逃脫了嗎？在妳的畫面裡，獅子卻正要把他吞下肚呢。」

「對不起，」我擺出我最乖巧、最有主恩的一張臉說，「我本來想排約拿和鯨魚，可是紙偶裡頭沒有鯨魚，我只好假裝那些獅子是鯨魚。」

「妳剛才說那是但以理來著。」他心存懷疑。

「我搞混了。」

他微微一笑。「我們來把它改正，好不好？」他小心翼翼地把獅子重新排在一個角落，但以理則放在另一個角落。「還有尼布甲尼撒呢？我們接下來再來排黎明之愕❽。」他在紙偶堆翻來揀去，想要找到國王紙人。

找得到才怪。我心想，蘇珊・格林那天在排聖誕三智者時，因為身體不舒服吐了整幅畫面都是，而一盒玩具裡只有三個國王紙人。

我隨他找去，自己走回大廳，有人問我有沒有看到芬奇牧師。

「他在主日學教室裡玩紙偶。」我回答。

「佳奈，少胡思亂想。」有個聲音說。我抬起頭，是朱貝莉小姐，她說話的口氣老是那樣，我想是因為她是雙簧管老師的關係，那會影響到你的嘴巴。

「該回家了，」母親說，「你今天激動了一整天也激動夠了。」

怪了，別人竟然以為這種事會令人激動。

於是，我們上路了，有我、母親、愛麗絲和梅（「妳得叫她們愛麗絲姨和梅姨。」）我落在她們後頭，心裡想著芬奇牧師真的好恐怖。他暴牙，雖然他盡量壓低、壓沉嗓門說話，聲音仍尖銳刺耳。可憐的芬奇師母，她怎能與他朝夕相處？接著我想起那個吉普賽老婦，「妳一輩子都結不了婚。」到頭來，這說不定不是件壞事。回家的路上，我們經過廠底區，最窮的人都住在那裡，生活和工廠密不可分。那兒有成百上千的小孩和瘦骨嶙峋的狗，我們隔壁的以前就住在那區，緊鄰膠水工廠，不過他們有位親戚還是什麼人遺留了一間房子給他們，就在我家旁邊。「依我看，是魔鬼在作祟。」母親說，她向來認

❽ 同上，參見但以理書第三章。

定，凡此種種的事情降臨到我們身上，都是為了考驗我們。

我不可以一個人到廠底區去，那天晚上下起雨來的時候，我確定了原因何在。要是魔鬼有住處，一定就住在這裡。我們經過那家賣跳蚤頸環和毒藥的商店，店名叫艾客來除蟲店。有一回我家鬧蟑螂，我去過裡面一次。艾太太正在結帳，我們經過時，她看到梅，出聲喊她，邀她進去。母親不怎麼高興，可她嘴裡雖咕咕噥噥地在講什麼耶穌啦，收稅員啦，罪人啦，卻又伸手把我推進了店裡，一馬當先。

「梅，妳這一向都到哪兒去啦？」艾太太邊用抹布擦擦手邊說，「有一個月都沒見到妳的人影咧。」

「我去了黑池。」

「哎呀，妳發財了是吧？」

「玩賓果，贏了三次。」

「真的假的。」

艾太太半是羨慕，半是光火。

談話如是這般進行了一陣子，艾太太發牢騷說，生意很不好，她八成會被迫收掉店面，因為都沒有人花錢除害蟲。

「希望今年會有個炎熱的夏天，這樣就會把害蟲都引出來。」

母親絲毫不掩飾痛苦的表情。

「記不記得兩年前的那波熱浪？哎呀，那時候生意可好了，蟑螂啦，螞蟻啦，老鼠啦，隨便什麼，我都可以把牠毒死。如今，好景不再。」

我們很有禮貌地保持沉默，過了一會兒，母親清了清喉嚨，說我們得告辭了。

「來，喏，」艾太太說，「小娃兒，這些給妳。」

她是指我。她在櫃檯後頭翻半天，拿出幾個不同形狀的錫罐。

「可以用來裝彈珠什麼的。」她解釋道。

「謝謝。」我微笑著說。

「欸，不用謝啦。」她對我笑了笑，在我的頭上用力擦了擦她的手，就讓我們走出店面。

「梅，妳看！」我把罐子舉高。

「要叫梅姨。」母親厲聲喝道。

梅和我一同檢視這些罐子。

「銀魚，」她讀道，「灑一大把到水槽後面、廁所和其他潮溼的處所。」喔，好棒，那這個上頭寫了什麼呢。「蝨子、臭蟲等，保證有效，無效退錢。」

我們終於回到家了，晚安梅，晚安愛麗絲，願主賜福。父親因為得上早班，早就睡了，母親則要再等好幾小時才會上床。

打從我認得他們，母親都是清晨四點就寢，父親五點起床。這樣也挺好的，因為這表示我半夜爬起來也不會寂寞，那時我們往往會吃培根和雞蛋，她會念一小段聖經給我聽。

我就這樣開始受教育：她教我讀〈申命記〉，把聖徒的經歷統統講給我聽，說他們其實邪惡不正，滿腦子令人不齒的欲念。他們不配得到禮敬，他們的事蹟無非又是羅馬天主教的異端邪說，我得小心，可別被那些油嘴滑舌的修士誤導了。

「可是我從來沒看過修士。」

「女孩子要牢記一句話：**防患未然**。」

我學到，當雲撞擊到高大的建築物，好比尖塔或大教堂，天就會下雨。撞擊力使得雲穿孔，底下的人就統統被淋溼。這就是為什麼在古早的時代，人們會說清潔僅次於虔誠信神，那時，教堂是唯一高大的建築物。你住的城鎮越是虔誠信神，就會有越多高大的建築物，因此就會下越多的雨。

「所以，那些異教徒的地方會那麼乾旱，原因就在這裡，」母親解釋，抬頭看看天，握著鉛筆的手微微顫動，「可憐的史普雷牧師。」

我發覺世間種種都是正邪**相爭**的象徵，「想想樹蛇，」母親說，「在短程之內，樹蛇爬得比馬跑得還快。」她在紙上畫起蛇和馬賽跑的畫面，她的意思是說，雖然短期看來邪會勝正，但這種情形絕對不會維持很久。我們母女倆都很高興，合唱起最喜歡的讚美詩〈求主扶持〉。

我請求母親教我法文，她卻臉色一暗，說不行。

「為什麼不行？」

「我差一點就失足了。」

「妳講的是什麼意思？」我鍥而不捨，一逮到機會就問她，她卻只是搖搖頭，咕咕噥噥地說什麼我年紀太小，還沒到知道這種事的時候，這事實在很令人不快，之類的。

「總有一天，」她終於開口，「我會把皮耶的事都告訴妳。」然後扭開收音機，好久好久都不理我，我只好回床上睡覺。

她經常一件事才講到一半就岔開，講起別的事情。因此，我從來就不清楚塵世樂園在到達印度海岸以後發生了什麼情況。還有一次，我卡在「六乘以七等於四十二」將近一禮拜之久，怎麼也弄不懂。

「我為什麼沒上學？」我問她，我對學校很好奇，因為母親老說學校是**淵藪**。我不懂她的意思，但我知道那跟違反自然的熱情一樣，是壞東西。「他們會領著妳走上歧路。」是我唯一得到的答案。

我在廁所裡把凡此種種的事統統想了一下。廁所設在屋外，我很討厭晚上還得走到屋外，因為蜘蛛會從煤炭棚裡爬出來。我爸和我好像老是待在廁所裡，我把手墊在屁股底下，哼著歌，他呢，我想應該是站著吧。母親氣得要命。

「快給我回屋裡，上個廁所要不了那麼久。」

可是我們沒別處可去。我們仨共用一間臥房，因為母親正在屋後蓋浴室，可以的話，末了會隔個半小間臥房給我。不過，她工作速度很慢，據她講是因為她有太多的心事。白太太偶爾會過來幫忙混水泥漿，可兩人到頭來往往聽起強尼．凱許❾的唱片，或寫起有關浸洗禮的傳單。她終究還是蓋好了浴室，只不過足足花了三年的時間。

在此同時，我照常隨她上課，我從蛞蝓和母親的種籽目錄裡頭學會了有關園藝學和庭園害蟲的種種知識，我透過〈啟示錄〉的預言和一本叫做《簡單明瞭的真相》的雜誌，漸漸了解歷史的進程。母親每週都會收到一期雜誌。

「以利亞⑩又來到我們當中。」她宣稱。

就這樣，我學會詮釋神兆，並且常常在想，不信主的人恐怕永遠也不會了解這些徵兆。

「等妳出門在外宣教時，這些事情統統得知道。」她提醒我說。

然後有一天，我們一早起床，正要聽鐵幕後的伊凡．波波夫（Ivan Popov）的廣播，一只厚厚的牛皮紙袋從信箱口塞進來，撲通一聲掉到地板上。母親以為是謝函，來自參加過我們在鎮公所辦的醫病傳道大會的人。她撕開紙袋，臉色一沉。

「那是什麼？」我問她。

「和妳有關。」

---

⑨ 強尼．凱許（Johnny Cash，1932-2003），美國知名鄉村歌手，音樂融合福音歌曲和鄉村樂。

⑩ 以色列的先知，參見舊約列王紀（上、下）。

「什麼事和我有關？」

「我得送妳到學校念書。」

我「颼」一聲跑進廁所，雙手墊在屁股底下。終於可以去**淵藪**啦。

出埃及記

「妳為什麼要我去上學？」開學前夕，我問她。

「因為要是妳不去上學，我就得坐牢。」她拾起刀子，「妳要幾片？」

「兩片，」我說，「是什麼餡？」

「碎牛肉，有這個可吃，妳得感恩才行。」

「可是坐完牢就可以出獄啊。聖徒保羅不就一直在坐牢。」

「這我曉得，」（她乾淨俐落地一刀切下，只有少到不能再少的牛肉餡被擠出來。）「但是鄰居可不曉得。好好吃東西，不要說話。」

她把盤子推到我面前，看起來好難吃。

「我們為什麼不能吃薯條？」

「因為我沒空替妳炸薯條，我得泡腳，得熨妳的背心，還有好多禱告申請單尚未處理，況且，家裡沒有馬鈴薯。」

我走進客廳，想找件事情做。我聽見母親在廚房裡扭開收音機。

「現在，」有個聲音說，「請收聽蝸牛的家庭生活。」

母親嘖嘖有聲。

「妳有沒有聽到？」她問道，還把頭探出廚房門，「蝸牛的家庭生活，這就像在講我們是從猴子變來的，真討厭。」

我想了一會兒這件事。一個溼答答的週三晚上，蝸牛先生和蝸牛太太在家裡，蝸牛先生靜靜地在打盹，蝸牛太太在看一本有關問題兒童的書。「醫生，我好擔心，他老是悶聲不響，躲在殼裡不肯出來。」

「媽，不對吧，」我回答說，「事情才不是這樣呢。」

可是她根本沒有在聽，她已走回廚房，我聽得到她一邊在嘟嘟囔囔、自言自語，一邊轉著頻道鈕，想收聽全球廣播，收音機傳出靜電聲。我走到她身後。「世間是有魔鬼沒錯，我們家裡可沒有。」她說，目光緊盯著烤爐上方的上帝畫像。那是副九吋見方的水彩畫，史普雷牧師隨榮耀傳道會前往維根和非洲前，為母親作了這副畫。

畫名叫做〈上主飼餵鳥群〉，母親把它掛在烤爐上方，因為她最常待在爐邊為教徒烘烤東西。畫如今略顯破舊，主的腳上有一小滴蛋液，不過我們怕顏料會脫落，沒敢去碰。

「我受夠了，」她說，「走開。」

她把廚房門又闔上，關掉收音機，我聽得到她在哼「美哉錫安」。

「好吧，就是這樣了。」我心想。

事情就是這樣。

第二天早上簡直是一片鬧哄哄，母親一面把我拖下床，一面大呼小叫說已經七點半了，說她整整一晚沒闔眼，說我爸也連飯都沒吃就上班去了。她把一壺滾燙的熱水倒進水槽。

「妳為什麼不上床睡覺？」我問她。

「睡上三個鐘頭就得叫妳起床，何必費事？」

她把冷水沖進熱水中。

「嗯，妳可以早點上床。」我一邊說，一邊手忙腳亂地想掙脫我的睡衣。有位老奶奶替我縫了這件睡衣，領口裁得跟袖口一樣大，害我老是耳朵痛。有一回我扁桃腺出了毛病，三個月耳朵聽不見，沒人注意到這件事。

有天晚上，我躺在床上，想著主的榮耀，這時突然發覺周遭一切變得靜悄悄。我照常上教會，照常大聲唱聖歌，不過有好一陣子好像只有我一個人在那兒發出聲音。我以為自己進入了狂喜神入狀態，這種事在我們教會並算不稀奇，我後來發覺，母親也是這麼以為。梅問到我為什麼都不答話時，母親說：「是主。」

「主怎麼了？」梅聽不懂。

「主行奇蹟。」母親宣稱，邁開步伐走到前頭。

因此，就在我渾然不知的情況下，話在我們教會傳開，說我已進入狂喜神入狀態，誰都不能和我講話。

「你為什麼覺得是這麼回事？」白太太想弄個明白。

「喔，沒什麼好意外的，要知道，她現年七歲，」梅停頓片刻以製造效果，「那是個神聖的數字，奇行異事總是逢七發生，不信，妳看艾西．諾利斯。」

艾西．諾利斯，我們一般叫她「見證艾西」，她對我們教會是一大鼓舞。每回只要牧師開口問有沒有人要見證上帝的善行，艾西就會猛地起身，喊道：「請聽主這禮拜為我做了什麼。」

她需要雞蛋，主就送來了蛋。

她突然肚子痛，主替她解痛。

她一天禱告兩個小時。

一次在早上七點，

一次在晚上七點。

她嗜好占數術，讀聖經前，必定先擲骰子尋求指引。

「一顆骰子指示讀哪章，一顆指示讀哪節。」對此她奉行不悖。

曾經有人問她，碰上聖經中某一記某一書不只六章時怎麼辦。

「我自有辦法，」她執拗地說，「主自有祂的辦法。」

我很喜歡她，因為她家裡有好多好玩的東西。她有架風琴，一定要踩踏板，那風琴才會奏出聲音。我每回去她家，她總會演奏〈慈光導引〉。她彈鍵盤，我踩踏板，因為她有氣喘病。她收集外國錢幣，保存在一只飄著亞麻仁油氣味的玻璃匣裡。她說，這讓她想起已故的丈夫，他在蘭開夏隊打過板球。

「人家都叫他悍將史丹。」我每次去，她例必講上這一句。她老記不得和別人講過什麼，記不得家裡的水果蛋糕擺了多久，有一次，她一連五個禮拜都端同一塊蛋糕請我吃。還好，她也老記不得別人和她講過什麼，所以我每禮拜都用同樣的藉口。

「肚子痛。」我說。

「我會替妳禱告。」她說。

最棒的是，她有諾亞方舟的拼貼，上頭有兩個身為家長的諾亞，正探出身子看著洪水，另一個諾亞則正設法捉住一隻兔子。不過，我最喜歡的是一隻用鋼絲清潔刷做的黑猩猩，牠可以撕下來再貼上去，我每次快告辭前，她都會讓我玩個五分鐘。我有各式各樣的玩法，不過通常都是把牠淹死了事。

有個禮拜天，牧師對大家說我聖靈充滿。他有足足二十分鐘都在講我，我卻一個字也聽不見，光坐在那兒讀我的聖經，心想這本書真是長呀。當然啦，由於我看起來一副很謙虛的樣子，更讓大夥深信我洋溢著聖靈。

✦

我以為沒人對我說話，別人則以為是我不和他們說話。但是有天晚上我發覺，我什麼也聽不見，我下樓去，寫了張字條：「母親，世界很安靜。」

母親點點頭，繼續看她的書。書是史普雷牧師寄來的，她當天早上才收到，內容有關宣教生活，書名叫《他鄉亦識祂》。

我引不起她的注意，只好拿了一顆柳橙，回到床上。我得自個兒理出頭緒。

有一次過生日，有人送我直笛和樂譜當禮物，我倚著枕頭，坐直身子，吹了幾小節的〈驪歌〉。

我看得到我的手指在動，可是沒有聲音。

我改吹〈小小姑娘〉。

靜悄悄。

我簡直絕望了，於是打起〈兩隻老虎〉的節奏。

靜悄悄。

我無計可施，只好等早上再說。

第二天，我跳下床，決心向母親說明我有什麼不對勁。

家裡一個人也沒有。

我的早餐留在廚房餐檯上，旁邊有張字條。

佳奈乖女兒：我們上醫院為貝蒂姨禱告去了，她的腿很虛弱。母字

我只能自求多福，最後決定去散散步，那場散步救了我。我在路上碰見朱貝莉小姐，她吹雙簧管，是姊妹團契合唱團的指揮，人很聰明。

「可是她不聖潔。」白太太有一回說。朱貝莉小姐想必開口跟我打了招呼，而我想必沒注意到。她因為隨同救世軍交響樂團到密得蘭巡迴演出，有好久沒上教會，所以並不知道我聖靈充滿的事。她站在我面前，嘴巴一開一闔，她因為吹雙簧管的關係嘴很大，她說著說著，蹙起了眉頭。我牽起她的手，帶她走進郵局，拾起一支筆，在兒童零用金存款單的後面，寫了：

親愛的朱貝莉小姐：

我聽不到。

她一臉驚恐地看著我，拾起那支筆，寫道：

「妳母親怎麼處理這件事？妳怎麼沒有躺在床上？」

可是兒童零用金存款單沒有空白的地方了，我只得改用緊急事故聯絡人登記表。

親愛的朱貝莉小姐——我寫道。我母親不知道，她到醫院去看貝蒂姨。我昨晚有躺在床上。

朱貝莉小姐就只是盯著我瞧，好久好久，看得我都開始想回家了。然後，她一把抓住我的手，急匆匆拉著我到醫院。我們到了那裡，母親和其他一些人正圍在貝蒂姨的床邊合唱。母親看到我們，神色略顯訝異，不過並沒有起身。朱貝莉小姐拍拍她的手肘，又按照慣例開始開闔嘴巴，蹙起眉頭。母親不斷搖頭，像只博浪鼓似的，朱貝莉小姐終於大叫大嚷了起來，聲浪之大，連我都聽見了。「這孩子不是充滿了聖靈，」她尖聲嚷道，「她的耳朵聾了。」

醫院裡的人統統轉過頭來盯著我看，我滿臉通紅，死命瞪著貝蒂姨的開水瓶。最糟的狀況就是搞不清楚究竟發生了什麼事。然後，有位醫生走過來，一臉怒色，他和朱貝莉小姐相對而立，手揮來揮去。教友這時都已回過頭，若無其事地看著樂譜。

醫生和朱貝莉小姐急忙拉著我到一個冷冰冰的房間，裡頭滿是各種器材設備，他們讓我躺下，醫生在我身上這裡拍拍，那裡拍拍，一面拍一面搖頭。

四下一片死寂。

然後母親來了，她好像明白了到底怎麼回事，她簽了一張表格，又寫了張字條給我。

佳奈乖女兒：

沒事，妳只有一點點耳聾。妳怎麼都沒告訴我？我要回家去替妳拿睡衣來。

她在幹麼？為什麼把我留在這裡？我哭了起來。母親一臉驚恐，拚命地掏她的手提包，掏出一顆柳橙給我，我剝起果皮，好讓自己覺得好過一點。大家見到我平靜下來，彼此交換一個眼神，就走了。

打從我出生以來，一直以為這世界依照非常簡單的規則在運行，世界就像我們的教會，只不過比較大而已，這會兒我卻發覺，即便教會也難免有糊里糊塗的時候。這下子麻煩來了，不過我可不想經年累月地處理這個麻煩，眼下的問題是，我會遭遇到什麼事。維多利亞醫院好大，大得令人毛骨悚然，而我連首歌也不能唱，因為我聽不見自己在唱什麼。除了牙科傳單和X光機器使用須知外，沒有其他東西可讀。我想用橙皮蓋一間愛斯基摩雪屋，可是它老是塌下來，等它好不容易站直，我又找不到可以放進裡頭的愛斯基摩人，所以我得自己編個故事，叫做〈愛斯基摩人被吃掉了〉，這讓我更覺得悲慘。每次都這樣：不過想玩玩遊戲消遣消遣，結果卻當真了。

母親終於回來，有位護士把我硬塞進睡衣，帶著我們倆到兒童病房。那裡好可怕，牆壁漆成慘然的粉紅色，窗簾上頭有動物圖案，可不是真正的動物，而是毛茸茸的絨毛玩具動物在玩彩色皮球。我想起我方才編造的那隻海象，牠很壞，吃掉了愛斯基摩人，但是牠比這些動物好多了。護士把我的雪屋扔進垃圾桶。

我無事可幹，只好躺在床上，思索著我的命運。兩、三個小時以後，母親回來，還帶來我的聖經、聖經公會的著色本和一塊黏土。護士拿走黏土，我拉長了臉，她在卡片上寫道：「不好，可能會吞下去。」我瞧著她，回寫：「我才不想吞，我要用它來捏東西。而且，黏土又沒有毒性，包裝盒後頭都這麼講了。」我對她揮了揮盒子，她雙眉一蹙，搖了搖頭，我轉頭看母親，指望她替我撐腰，但是她正振筆疾書，正在寫封長信給我。護士重新整理起我的床鋪，把那塊討厭的黏土收進制服口袋，我看得出來，什麼都動搖不了她的決心。

我東嗅嗅西聞聞：消毒水和馬鈴薯泥。母親戳戳我，把信放在床頭櫃上，又把一大袋柳橙統統倒進開水瓶旁邊的大碗裡。我虛弱地笑了笑，希望能得到支持，她卻拍拍我的頭，昂首闊步地走了。於是，我變得孤單一人，我想起簡愛，她屢經考驗，卻始終懷有勇氣。母親一覺得難過就會念這本書給我聽，她說這本書賜給她力量，使她剛毅。我拾起她寫的信，內容不外乎：別擔心，會有很多人來探病，要不屈不撓，我保證一定會加緊蓋好浴室，不用太在意白太太，諸如此類的老生常談。她說，她不要多久就會再來看我，不然的話，也會派她丈夫來。信中還說我第二天要動手術，看到這裡，我手一鬆，任由信紙飄落到床鋪上。第二天！萬一我死了怎麼辦？我還這麼小，還有無限遠大的前程哪！我想到我的葬禮，想到所有的那些淚水，我想和我的小黑人娃娃和聖經一起下葬，我應不應該寫一份指示？我身邊的這些人會不會把我的說明當一回事？母親對疾病、手術什麼的都很了解。醫生囑咐過她，像她這種情況的婦女，不應該在外奔波，可是她說，她的時辰還沒到，而且，她和他可不一樣，好歹她曉得自己死後的去處。母親在一本書上讀到，死於麻醉的人比滑水時淹死的人還多。

「如果主把妳帶回來，」在梅即將接受膽結石手術前，她對梅說，「要知道，那是因為祂有工作交代妳做。」我躲到被子底下禱告，祈求能被帶回來。

動手術那天早上，護士滿面微笑，又動手整理我的床鋪，並把柳橙堆成對稱的塔形。兩隻毛茸茸的手將我一把抱起，放在冷冰冰的推床上綁好。負責推我的那個男人速度太快，推床腳輪發出唧唧喳喳的磨擦聲。走廊，雙扉門，還有兩隻眼睛從緊緊罩著的白色口罩上方盯著我瞧。一位護士握著我的一手，有人用罩子蓋住我的鼻子和嘴巴。我吸了口氣，看到一長排滑水選手失足跌倒，再也沒回來。接著，我眼前一片漆黑，什麼也看不到。

「吃果凍，佳奈。」

我**就知道**，我死了，天使要給我吃果凍。我睜眼，心想會看到一雙翅膀。

「來，吃下去。」有聲音在勸我。

「你是不是天使？」我滿懷希望地問道。

「不算是，我是醫生。不過她是天使，妳說對不對，護士小姐？」

天使羞紅了臉。

「我聽得見。」我說，並沒有特定在對誰講。

「吃果凍吧。」護士說。

幸好艾西發覺我住了院，開始來探望我，要不然，我接下來一星期就得獨自一人受苦受難。母親得到週末才能來，這我知道，因為她在等水電工人來檢查她鋪的管線。艾西則天天都來，對我講笑話，逗我開心，還說故事給我聽，讓我心裡好過一點。她說，故事幫助你了解這個世界。她答應說，等我好一點會教我一點基本知識，好幫她替人占數。這話使得我全身激起一股熱流，因為我知道母親不會准的，她說占數術和瘋狂僅一線之隔。

「別管那種說法，」艾西說，「占數術真的很靈。」

我們倆共度美好的時光，一同勾勒等我身體復元以後的種種計畫。

「艾西，妳幾歲？」我想知道。

「我還記得第一次世界大戰，我只能透露這麼多。」接著她講起曾經駕駛著一輛沒煞車的救護車到處跑的往事。

住院末期，母親常來陪我，可是當時正是教會最忙的時節，大夥兒正在策劃聖誕節的活動。她沒法來的時候，就叫我父親來，他往往帶來一封信和兩、三顆柳橙。

「唯一的水果。」她老這麼講。

水果沙拉，水果派，水果奶油甜品，什錦果子酒，惡魔之果，熱情之果，腐爛的水果，禮拜天的水果。

柳橙是唯一的水果。我把果皮裝進我的小桶子裡，滿滿的，總是被護士小姐一臉嫌惡地倒掉。我把果皮藏在枕頭底下，護士小姐一邊罵一邊嘆氣。

我和艾西．諾利斯每天分吃一顆柳橙，一人一半。艾西沒有牙齒，所以邊吸吮邊用力咀嚼，唧喳有聲。我則像吞牡蠣一樣把一片片柳橙嚥進喉嚨。別人往往瞪著我們瞧，我們才不管呢。

艾西沒讀聖經或講故事時都在研究詩人。她把史雲朋和他的困擾與威廉．布雷克內心的抑鬱，統統講給我聽。

「沒人要聽怪人的心聲。」她說。我難過的時候，她念〈精靈市場〉這首詩給我聽，作者是個女的，叫做克莉絲緹娜．羅賽蒂，她有個朋友曾把一隻裝在罐子裡的醋泡老鼠送給她當禮物。

艾西喜愛的詩人真不少，當中最愛的是葉慈。她說，葉慈明白數字的重要性，也知道想像力對世間能造成多大的影響。

「一個東西看起來像這樣，」她告訴我說，「卻可能是那樣。」我想起了我的橙皮雪屋。

「一件事只要想得夠久，」她解釋說，「就大有可能發生。」她拍拍她的頭，「一切都在腦袋裡。」

母親相信，只要禱告得夠久便會心想事成。我問艾西，兩者是不是同樣的意思。

「上帝無處不在。」她思索了一下，然後說，「因此永遠都是同樣的意思。」

我覺得母親不會有相同的看法，不過反正她人不在這裡，所以無所謂。

我和艾西下棋，玩「吊死人」遊戲。她在探病時間即將截止的臨走前總會念首詩。其中有首有以下兩行詩句：

所以一切東西皆傾覆隨又繼起
而肇造與廢的人無不精神奕奕⓫

這我了解，因為我這幾週以來一直努力想用橙皮蓋愛斯基摩雪屋，有時候，成果簡直叫我大失所望，有時則差一點就成功在望。要完成這件豐功偉蹟，得兼具平衡感和好眼力，艾西始終為我加油打氣，叫我別在意護士。

「要是有黏土就容易多了。」我有一回發牢騷說。

「可是這樣就沒那麼好玩了。」她說。

我終於出院那天，聽力恢復了，並且重拾自信（多虧了她）。

⓫ 摘自葉慈的「青金石雕」，此處引用的是詩人楊牧的翻譯。

我得去艾西家暫住幾天，等母親從維根回來。她到那兒為迷失者協會查帳。

「我找到一份新的樂譜，」她在公車上告訴我，「裡面有寫給七隻大象的間奏曲。」

「叫什麼？」

「叫〈阿比西尼亞戰爭〉。」

當然，很有名，跟亞伯特親王一樣，也是帶有維多利亞風味的事物。

「還有沒有別的？」

「沒有了，主和我這一陣子相安無事，這種情形偶爾發生，所以，我就把握機會做點裝潢，沒什麼特別的，不過替壁腳板上了漆而已。一旦主又與我同在，我就沒時間做別的了！」

我們一到家，她便神祕兮兮地走過來，叫我在客廳稍候。我聽得到她窸窸窣窣地走來走去，嘴裡嘟嘟囔囔，然後我聽見唧唧的磨擦聲。最後，她總算推開門，大口大口喘著氣。

「願上帝饒恕我，」她氣喘吁吁地說，「不過這玩意兒真是討厭得要死。」

她砰地一聲把一只大盒子放在桌上。

「打開吧。」

「裡面有什麼？」

「先別問，打開就是了。」

我撕開包裝紙。

那是個圓頂的木頭盒子，裡面有三隻白老鼠。

「燃燒火窯裡的沙得拉、米煞和亞伯尼歌⓬，」她咧嘴，露出牙齦微笑，「妳看，我還親手畫了火焰哦。」

盒子的背面有一片橘紅色顏料，繪成熊熊火舌的形狀。

「說是聖靈降臨也行。」我表示。

「對呀，有很多很多變化。」

老鼠對我們倆視若無睹。

「看哪，這兩個也是我做的。」她在她的提袋裡翻來翻去，翻出兩個三夾板做的玩偶。兩個玩偶都漆了鮮豔的色彩，其中有個顯然是天使之類，這一點從翅膀就看得出來。她得意洋洋地看著我。

⓬聖經人物，見但以理書第三章，三人因不敬拜尼布甲尼撒王的神，而被命投入燃燒的火窯中。

「尼布甲尼撒和主的天使。」天使的底座有縫隙，好讓他能站在圓頂上，不會打擾到白老鼠。

「很好看。」我說。

「我知道。」她點點頭，從天使的身旁丟了點乳酪進盒裡。

那天晚上我們做了司康鬆餅來吃，坐在壁爐邊。她有座古老的壁爐，瓷磚上印了名人肖像和南丁格爾像，名人中有當過孟加拉總督的克萊夫、巴麥尊首相、牛頓爵士。爐火太旺，牛頓的嘴已經燒焦了。艾西把她神聖的骰子拿給我看，是她四十年前在麥加買來的。為了防賊，她把骰子收在盒子裡，藏在壁爐架後面。

「有人說我是傻瓜，不過，世間的事光憑一眼哪看得準。」我靜靜地等著。

「有這個世界，」她生動地拍拍牆壁，「還有這個世界，」她捶捶她的胸口，「如果妳兩個都想弄明白，就得兩個都留意一下。」

「我不懂，」我嘆口氣，思忖著接下來該怎麼提問，好把事情弄清楚一點，可是她嘴開開的睡著了。況且，我還得餵老鼠。

時間一分一秒過去，艾西還是沒醒來，在她呼呼大睡時，只有一個念頭可以給我安慰：說不定等上學以後，我就會明白了。艾西好不容易才醒過來，卻好像根本不記得她本來正在解釋宇宙的奧祕，一心想替老鼠造山洞。我在學校裡也沒獲得什麼解說，事情反而越來越複雜難解。過了三學期，我開始絕望，我學會土風舞和基本女紅技巧，此外，便沒學到什麼。土風舞就是三十三個活像患了痀僂症的小毛頭，穿著黑膠底布鞋和綠短褲，努力想要跟上女老師的步伐，而老師總是有位紳士當舞伴。他們跳舞的時候，眼裡都沒有別人。不久之後，他們倆訂了婚，我們卻沒撈到好處，因為他們開始參加各項社交舞比賽，這表示上課時，他們僅是自顧自練習舞步，我們則遵照留聲機傳來的指示，拖著步子，一前一後，一左一右。最可怕的是這項威脅：你被迫和痛恨的人手牽手。下課鈴一打，我們便啪一聲跳開，甩掉對方的手，滿嘴儘是些不可告人的恫嚇之詞。我被恐嚇得煩了，練就出一番本領：扮出一副可愛聖潔的模樣，編造一些最粗暴原始的苦刑。「老師，怎麼會是我呢？沒有，老師。喔，老師，不是我。」可是，就是我，從頭到尾都是我。女生最害怕的，就是被推進鑄鐵欄柵後面的糞坑。男生呢，只要把話扯到他們的小雞雞就行了。如此這般過了三學期，有一天我蹲在鞋袋之間，沮喪極了。鞋櫃間又黑又臭，那裡一向臭氣沖天，就連剛開學時也臭哄哄的。

「臭腳丫子味怎麼也除不掉。」我聽見管理員老大不高興地說。

清潔婦搖搖頭。她除掉的臭味可比她吃過的飯還多，她甚至在動物園上過班，「你曉得的，動物有多臭啊。」可是她被臭腳丫子打敗了，「這玩意兒連地板上的漆都除得掉，」她揮著一只紅罐子說，「偏偏就除不了臭腳丫。」

過了一個禮拜左右，我們就再也聞不出臭味，何況，那裡真是藏身的好地方。老師不會走近那裡，充其量只會站在離門口好幾公尺的地方發號施令。學期最後一天……在那之前幾天，我們學校才到契斯特動物園參觀，這表示，所有人都穿上平時只有星期天才上身、最好的衣裳，在那兒比來比去，比誰的襪子最乾淨，誰的三明治最棒。我們很羨慕帶罐裝飲料的同學，因為大多數人只帶了盛裝在特百惠塑膠罐裡的橘子水。塑膠罐老是變熱，喝來燙嘴。

「妳吃黑麵包啊，」（三個腦袋瓜湊過來），「那什麼呀？裡面有碎碎的玩意兒，妳吃素啊？」

我盡量不去注意我的三明治裡有刺刺的東西，三明治大檢查依座次繼續進行，有時傳出喃喃的欽羨聲，有時則是刺耳的笑聲。蘇珊．格林的三明治包了冷的炸魚條，因為她家很窮，只吃得起剩菜，再噁心也只能照吃不誤。上一次，由於連剩菜也沒有，她只能配褐醬汁。檢查大隊判定，雪莉的三明治最棒，潔白的軟麵包夾了咖哩蛋和一點點的歐芹，她還有一罐檸檬水呢。動物園本身不怎麼好玩，而且我們還得兩兩排成路隊，像鱷魚似地歪歪扭扭前行。我們摩肩接踵，汗流浹背，只覺彼此皮膚黏膩，腳底也進了砂土和鋸木屑，糟蹋了新買的鞋子。史丹利．法莫溜進紅鶴池，沒人有錢買動物模型，所以我們提早一小時成群結隊回到遊覽車，一路顛回家。我們留給司機的紀念品，是滿滿三塑膠袋的嘔吐物和好幾百張糖果紙，我們沒別的可以割捨。

「絕對不會有下一次，」郝德行老師一邊嘆氣，一邊指揮我們下車，「我再也不要丟人現眼。」

這會兒，郝老師正在幫雪莉完成她的夏季禮服。她們倒是天生一對，我心想。

為了讓自己心情好一點，我轉念想起我們教會每年都會參加的夏令營，這一次的路程很遠，在德文郡。母親很興奮，因為史普雷牧師答應趁他難得造訪英格蘭的機會前往當地。他將在庫隆姆頓鎮外的福音帳篷，主持第一場主日禮拜。此時此刻，史普雷牧師正在歐洲各地舉行巡迴展覽。他在短短時間內變成我們教會歷來最有名、最成功的宣教士之一，有好些土著因為新近信了主，得到救贖，滿心喜樂地從我們連地名怎麼發音都搞不清楚的地方，寄謝函到教會總部。為了慶祝牧師讓一萬個人信了主，他得到贊助，並獲准放長假，到處巡迴展出他蒐集的武器、護身符、偶像和原始的避孕工具，展覽會定名為《主恩拯救》。我只看過展覽會的傳單，但所有的相關細節母親都一清二楚。除了史普雷牧師外，我們還針對德文郡的農民精心策劃宣教活動。以前，不論場地在哪，是戶外搭棚也好，在鎮公所也好，我們老運用同樣的技巧。後來，我們的宣教活動書記收到總部寄來的一套活動辦法，總部還說「基督再臨」隨時可能發生，我們應當竭盡所能拯救靈魂。靈恩運動行銷會特別設計了這套辦法，辦法中說了，世間有千百種的人，因此應該用不同的方法來對不同的人宣教。你必須打動他們的心，讓他們覺得救贖與自己有切身關係。所以，如果你拜訪的是海邊的民眾，就得用大海為暗諭，傳達訊息。最重要的莫過於，和個別的對方談話時，必須儘快判斷對方最渴望什麼，又最害怕什麼，這會使得對方立即對訊息產生共鳴。行銷會為即將加入這場良性競爭的教友，舉辦了週末訓練，還分發表格給受訓者，以便大家時時留心活動的進展，並從而獲得鼓舞。史普雷牧師特地在活動辦法的後面寫了親筆推薦函，旁邊還附了一張他的相片，裡面的他年輕多了，正在為一個酋長施洗。所以，我們的目標是要證明，上主與德文郡的農民有切身關聯。母親主管夏令營販賣部，她已經買進大罐大罐的豆子和法蘭克福香腸。「得吃飽了才能邁步前進。」她跟我說。

我們希望能促使夠多的人改信主，好在艾塞斯特建新教會。

「還記得我們在這裡蓋福音堂的時候，」母親帶著緬懷的表情說，「大夥同心協力，而且我們只雇用重生的工人。」那是段多麼光明、又多麼艱困的時光啊。大夥兒得努力攢錢，好買架鋼琴和聖詩集。因此得抵抗魔鬼的誘惑，棄絕度假的念頭。

「當然，妳父親那時愛玩牌。」

最後，他們總算獲得總會撥款，得以蓋好屋頂，添購飄揚其上的旗幟。升旗那天真是光榮的日子，旗幟上繡了大大的紅字「**求主的國**」。每個教會都掛了殘障宣教士裁製的旗幟，這樣一來，不但可以貼補他們一點錢，還可以給他們精神上的滿足。頭一年，母親走遍酒館、俱樂部，呼籲酒鬼上教會。她會坐下來邊彈鋼琴邊唱〈讓主進你心〉。她說，當時情景十分感人，她唱著唱著，那些男人落下淚來，淚水滴進酒杯裡，撞球也不打了。她豐滿美麗，他們都叫她耶穌大美人。

「喔，是有人對我示好，」她悄悄告訴我，「而且不是每一位都很敬拜主。」無論如何，教會日趨茁壯，至今在馬路上，仍有不少男士在經過母親身邊時會停步脫帽，向這位耶穌大美人問好。

我有時猜想，她應該是急匆匆就結了婚，和皮耶的那一段已經夠難受，她不願意再有任何的不愉快。我常和母親一同看照片，瀏覽相本裡頭先人剛毅的面容，母親一翻到在索引被列為「舊情人」的那兩頁，總會停下。皮耶在裡頭，我父親等其他人也在裡頭。「妳為什麼沒嫁給那個，或那個？」我好奇地問。

「他們全是些反覆無常的人，」她嘆口氣，「我費盡千辛萬苦，好不容易才找到一個對象，這人卻是個賭徒。」

「他現在為什麼不賭了？」我很想知道，我設法想像我那溫順的父親，竟然會像我在電影中看過的那種人。

「他娶了我，並且找到了主。」接著她又嘆口氣，把每個舊情人的事一一講給我聽。瘋癲的柏西開著敞篷車，叫她和他一起住在布萊登。戴著玳瑁框眼鏡的艾迪養蜜蜂……在這一頁的最底下，有張泛黃的相片，畫面上是位抱著貓咪的麗人。

「這是什麼人？」我指指相片。

「哪個呀？喔，不過就是艾迪的姊妹，我怎麼會把她貼在這裡？」她翻到下一頁。後來我們再一同看相本時，那張相片不見了。

所以，她嫁給我父親，感化了他，他蓋教堂，而且從來不發火。他雖然沉默寡言，我覺得他人挺好的。當然啦，她自個兒的父親可氣壞了，他對她說，這叫委曲下嫁，她應當留在巴黎才是，他立刻和她斷絕音信往來。因此，她手頭的錢老不夠用，過了一陣子，她把自己以前有過錢這回事兒忘掉。「教會就是我的家。」只要我問起相本上的那些人，她總這麼說。教會也是我的家。

在學校裡，我好像什麼也學不會，什麼也贏不了，甚至沒被抽中豁免當監膳。監膳的意思是說，你得注意讓每個人都分到一只盤子，水罐裡頭沒有髒東西。監膳最晚吃到飯，飯菜的份量最少。我已經三次被抽中當監膳，班上同學對我大喊大叫，嫌我身上老一股肉汁味。我的衣服濺到肉汁，汙漬斑斑，母親卻讓我整星期都穿同一條運動褲上學，她說了，反正我得當監膳，幹麼費事把我打扮得乾乾淨淨。這會兒，我坐在鞋陣當中，胸前盡是洋蔥燴肝的汁液。有的時候，我還會設法清除汙漬，可今天我太不開心了。才剛收假，在六週的假期中，我都和教會的人在一起，這會兒更沒法應付周遭的一切。母親說的對，學校果真是淵藪，況且我也不是沒試過，起初，我竭盡所能適應環境，遵守規矩。去年秋天開學前不久，老師給我們一個作業，每個人都必須寫篇「暑假記趣」的作文。我一心想寫篇好文章，因為我知道他們以為我沒能及時入學，故連大字都不識幾個。我用書寫體慢慢地寫，盡量把字寫漂亮，我很自豪，因為有些同學只會寫印刷體。我們輪流念出自己的作文，繳給老師。大家寫的都是同樣的東西，不外乎釣魚啦，游泳啦，野餐啦，迪士尼啦，三十二篇作文都講到庭園和青蛙產卵。依照姓氏字母排序，最後才輪到我念，我簡直迫不及待。我們老師是希望全班都開開心心的那種女人。她稱呼我們為小綿羊，還特地對我講，我要是有什麼不明白的，別著急。

「妳很快就能適應了。」她安慰我說。

我想討她歡心，抱著滿懷的期望，渾身顫抖地念起我的文章……「今年暑假我和我們教會的夏令營，一起去了柯溫灣。」

老師含笑地點點頭。

「貝蒂姨有條腿本來就不結實，天氣又很熱，她就中了暑，我們以為她會死掉。」

老師臉上略現憂色，全班同學卻坐直身子。

「不過，多虧了我母親整夜未眠，全力奮鬥，她後來好轉了。」

「妳母親是護士嗎？」老師以沉穩中帶著同情意味的語氣問。

「不是，不過她能治療病人就是了。」

老師蹙蹙眉，「唔，繼續念。」

「貝蒂姨病好了以後，我們大夥兒都搭巴士去藍度德諾，到海邊舉行證道會。我搖鈴鼓，艾西．諾利斯帶了她的手風琴，不過有個男生丟了砂子進去，從此以後，她就沒有升F調了。我們今年秋天要舉行雜物拍賣會，想辦法籌款修琴。

「我們從柯溫灣回家以後，隔壁的又多了一個寶寶，不過因為隔壁的家裡住了好多人，我們搞不清楚那孩子是誰生的。母親拿了幾個我們院子裡種出來的馬鈴薯送給他們，可是他們說不需要別人救濟，就把馬鈴薯隔牆扔了回來。」

全班一片靜悄悄，老師看著我。

「還有沒有？」

「還有兩頁。」

「講什麼？」

「沒什麼，不過是講到辦完療病宣道大會後，我們租了浴室，好舉行施洗禮。」

「很好，不過我看今天時間不夠了，把你們的作業收到書包裡，先來著色，然後下課。」

全班同學都在咯咯笑。

我慢慢坐下，搞不大清楚到底怎麼回事，可是有一點我很清楚，的確有什麼事不大對勁。回家以後，我對母親說我不想再去上學。

「你非上學不可，」她說，「來，吃顆柳橙吧。」

後來幾個禮拜，我設法表現出一副普通又平凡的模樣，這一招好像很管用。接著，我們開始學做針線活。每逢禮拜三，吃過香腸麵糊派和果醬塔以後，我們上縫紉課。我們練習十字針法和鏈縫法，然後得自擬作品題材。我決定替艾西．諾利斯繡點什麼，我鄰座的女生要替她母親繡「**獻給慈母**」，坐我對面那個則要繡和生日有關的題材。輪到我時，我說我想繡一幅字。

「『**讓小孩前來**』，妳看好不好？」郝老師建議。

我知道那不適合艾西，她喜歡先知。

「不好，」我斷然地說，「我是要繡給朋友的，她最常看的是耶利米書，我想繡『**夏季結束，我們尚未得救**』。」

郝老師作人面面俱到，不過她有她的盲點。她在登記刺繡題材時，把別人的題目都完整記下，我的卻只寫了「一幅字」。

「為什麼這樣寫？」我問。

「別的同學看了說不定會難受，」她說，「好，妳要繡什麼顏色？黃的，綠的，還是紅的？」

我看著她，她看著我。

「黑的。」我說。

我果然令同學難受，雖非有意如此，卻很有效。有一天，史派羅太太和史賓賽太太氣沖沖地到學校來。她們到校時，正好是下課休息時間，我看到她們手挽著提包，頭戴著帽子，撅著嘴，在水泥路走上走下。史賓賽太太還戴了手套。

有些同學知道內情，有一小批人聚攏在牆角，竊竊私語，其中有個人指了指我。我努力裝做沒注意，繼續玩我的陀螺。人越聚越多，有個滿嘴都是水果思樂冰的女生，對我叫嚷了什麼，我沒聽清楚她在講啥，不過其他人都爆笑開來，接著有個男生走過來，打了我的脖子一下，然後他們一個接一個過來，打我一下就跑開。

「鬼，鬼，妳是鬼。」他們嚷道，老師經過我們旁邊。

我茫無頭緒，後來覺得肚子有把無名火冒起。我用我的小鞭子抽打其中一個人一下，他痛得叫喊起來。

「老師，老師，她打我。」

「老師，老師，她打他。」其他人異口同聲高呼。

老師一把揪住我後腦杓的頭髮，拉著我進屋。

屋外，上課鈴響了，傳來一陣噪音、開門聲、拖著腳步的聲音，接著，一片沉寂。那條走廊格外沉寂。

我在教職員辦公室裡。

老師轉過身來，她滿臉倦容。

「把手伸出來。」

我伸出我的手。

她伸手去拿戒尺，我想到主。教職員辦公室的門開了，華校長走進來。

「喔，佳奈已經來了啊。聽話，到外面去一下。」

我抽回獻祭的那隻手，插進口袋裡，穿過她們倆中間，溜出去。

我及時見到史賓賽太太和史派羅太太走出校門的身影，兩人都是一副義憤填膺的模樣。

走廊上很冷，我聽見門後傳來窸窸窣窣的低語聲，可是什麼事也沒發生。我開始用圓規掏暖氣爐，掏呀掏的，想要扭彎一小塊塑膠，把它變成像從空中俯瞰巴黎的形狀。

教會昨晚有禱者聚會，白太太看到異象。

「看起來像什麼？」我們焦急地問。

「喔，非常的聖潔。」白太太說。

聖誕節活動的計畫早已如火如荼地展開，救世軍允許我們和他們合用鎮公所外面的攤位棚架，傳言說，史普雷牧師可能會偕同數位改信主的異教徒回鎮上。「我們只能抱著希望誠心禱告了。」母親馬上寫信給他說。

我又贏了一次聖經問答比賽，並獲選為主日學話劇表演的敘事者，這可叫我鬆了一大口氣。過去三年我都演瑪利亞，早已演不出新花樣。況且，那表示我得和史丹利・法莫演對手戲。

天氣晴朗暖和，讓我覺得好快樂。

在學校裡，卻只有困惑混亂。

這會兒，我蹲在地上，所以門終於打開時，我只看到羊毛襪和圓頭矮跟皮鞋。

「我們想和妳談談。」華校長說。

我趕緊站起來，走進去，覺得自己儼如但以理。

華校長舉起墨水池，帶著審慎的表情望著我。

「佳奈，我們認為妳在學校有點適應不良，願不願意告訴我們問題出在哪裡？」

「我很好。」我支支吾吾地辯解。

「妳好像太……這麼講吧，信教信得太入迷了。」

我繼續低頭看著地板。

「比方說，妳繡的那幅字就叫人看了心裡很不舒服。」

「我是繡給朋友的，她很喜歡，」我嚷出聲，心頭浮現我把刺繡送給艾西時她整張臉都亮了起來的情景。

「妳的朋友是什麼人？」

「她叫艾西．諾利斯，她送了我三隻在火窯裡的老鼠。」

華校長和老師交換一個眼神。

「那妳在寫動物作業時，為什麼選擇寫戴勝和岩獾？據我所知，有一回妳還寫了蝦子。」

「母親教會我認字閱讀。」我以相當絕望的語氣告訴她們。

「是的，妳的閱讀技巧很不尋常，可是妳並沒有回答我的問題。」

叫我怎麼回答嘛？

母親用〈申命記〉教我識字，因為裡面有一大堆動物（多半都不潔淨）。每一次我們讀到「你們不可吃不反芻或腳蹄不分瓣的動物」，她就會把提到的動物都畫出來。馬啦，小白兔啦，小鴨子啦，都像是童話事物，只給我模糊的印象。可是有關塘鵝啦，岩獾啦，樹獺啦，蝙蝠啦，我都知道得一清二楚。對奇禽異獸的偏好給我來不少的麻煩，威廉．布雷克當年也是如此。母親畫有翅膀的昆蟲、空中的鳥，可是我最喜歡的，是海底的軟體動物，我收藏有在黑池海邊撿拾的貝殼，滿好看的。她有支藍筆，用來畫波浪。褐色的墨水用來畫介殼蟹。龍蝦用紅色原子筆畫。不過，她從來不畫蝦子，因為她喜歡吃蝦，夾在滿分鬆餅裡吃。我想，她有好一陣子對此甚感不安⓭。末了，在作過一次又一次的禱告，並到舒茲伯利請教精通神學的高明之士後，她同意聖徒保羅的看法，凡經上帝潔淨過的事物，我們就不可稱之為劣等。從此以後，我們每個禮拜六都去莫氏海鮮店。申命記有其缺憾，裡面有太多可憎的和不宜提起的東西。每回我們讀到了有誰是私生子，或有誰的睪丸碎了，母親便跳過那一頁說，「這就留給主吧。」可是等她一走開，我就偷看。我真高興我沒有睪丸。睪丸聽起來像是腸子，只不過長在外頭，聖經裡的男人老是睪丸被割掉，沒法上教會。好恐怖啊！

⓭根據申命記，沒有鰭和鱗的魚類，是不潔淨的動物，不可食。蝦子正是其中之一。

「嗯，」華校長催促說，「我還在等喲。」

「我不知道。」我回答。

「好，下面這個大概比較嚴重，那妳又為什麼要恐嚇，對，就是恐嚇——其他同學呢？」

「我沒有。」我辯解。

「那妳能不能告訴我，史賓賽太太和史派羅太太今天早上為什麼會到這裡來，告訴我她們的孩子晚上做噩夢？」

「我晚上也做噩夢。」

「問題重點不在這裡，妳對幼小的心靈講到地獄。」

那是真有其事，我不能否認。我對所有同學都講過魔鬼的可怕和下地獄者的命運。我一面講解，一面還示範，有次差一點扼死蘇珊·杭特，不過那是意外，而且事後我把我所有的止咳喉糖都給了她。

「對不起，」我說，「我以為那很有趣。」

華校長和老師搖搖頭。

「妳走吧，」華校長說，「我要寫封信給妳母親。」

我很沮喪。何必這麼大驚小怪？先聽聽地獄是怎麼回事，總比以後下地獄被火燒好吧。我走過三年級展出的復活節兔子拼貼作品，想到艾西的諾亞方舟，還有那隻可以撕下來的黑猩猩。

那裡顯然是我的歸屬，再過十年，我就可以去上神學院了。

華校長沒食言，她寫了信給我母親，說我信教太狂熱，請我母親管束、節制我。母親哼了一聲，帶我去看電影，慰勞慰勞我，《十誡》正在上演。我問母親能否邀艾西同行，可是她說不行。

那天以後，學校裡每個人都躲我躲得遠遠的，要不是我深信自己是對的，八成會很傷心。事已至此，我索性把它拋在腦後，雖然我的功課不是很好，但我儘量用功讀書，並且常常想到我們教會。我對母親講述過往的林林總總。

「我們蒙主感召，才會與眾不同。」她說。

母親也沒有很多朋友，別人不了解她的思考方法，我也不了解，可是我愛她，因為她永遠都知道事情為什麼會發生。

舉辦縫紉比賽時，我取回送給艾西．諾利斯的刺繡，交出去參賽。我依然覺得這是幅了不起的傑作，白底上繡了全黑的字，畫面底下的角落還帶點藝術氣息，透露出創作者對那些嚇壞的下地獄者的個人印象。艾西把這幅刺繡裱裝了框，因此看來有模有樣，挺有專業氣勢。

郝老師站在教室前方收作品……

「艾琳，好的。」

「薇拉，好的。」

「雪莉，好的。」（雪莉是小女童軍。）

「郝老師，這是我的。」我邊說，邊把作品放在講桌上。

「好的。」她說，意思是不好。

「妳想要的話，我會把它交出去參賽，不過老實講，依我看，評審委員八成不會欣賞這類作品。」

「這樣講是什麼意思？」我問，「裡頭一樣也不缺，有冒險、感染力、神祕……」

她打斷我的話。

「我的意思是，妳用的顏色太少了，妳沒有盡量採用不同的繡線。就拿雪莉的村景來說吧，注意它有多麼繽紛多彩。」

「她用了四色，而我用了三色。」

郝老師蹙眉。

「況且，別人都沒用到黑色。」

郝老師坐下。

「而且我採用了神話反差效果。」我指著那些嚇壞的下地獄者，堅持說。

郝老師雙手捧頭。

「妳在講什麼？妳指的難道是角落那一塊亂七八糟的汙點……」

我好氣。幸好我看過雷諾茲爵士曾經怎樣羞辱透納的故事⓮。

⓮ Sir Joshua Renolds 和 J. M. W. Turner 皆為十八世紀英國畫家。

「妳看不出那是什麼，並不代表它就不是那個東西。」

我舉起雪莉的村景。

「這看起來不像綿羊嘛，不過是白白又毛茸茸的一片。」

「回座位，佳奈。」

「可是……」

「**回妳的座位去！**」

我能怎樣？我的縫紉老師眼光有問題，她完全按照期望和環境來看事物，到了特定的地方，就只看到特定的事物，綿羊和山丘，大海和魚，假如超市裡出現了一頭大象，她要麼根本看不到，要不就稱牠為瓊斯太太，還和牠大談特談今天的魚餅好不好。不過，最有可能的情況是，她接觸到不了解的事物時，反應就和大多數人一樣。

驚慌失措。

事物本身並不會形成問題，發現這個事物的環境也不會，可是兩者連在一起，就出問題了。出人意表的事物出現在平凡無奇的所在（我們最喜歡的姑媽現身我們最喜歡的撲克牌酒吧），或平凡無奇的事物出現在出人意表的所在（我們最喜歡的撲克牌酒吧老闆現身我們最喜歡的姑媽家裡）。我知道我的刺繡擺在艾西・諾利斯家的前廳會恰到好處，可是換到郝老師的縫紉教室，卻大錯特錯。郝老師要麼有點想像力，能根據事情的來龍去脈，讚美一下我的作品；要不也該有點遠見，能夠了解到一件事：誰也不敢講，事物除了絕對的價值外是否亦有相對的價值。她要是能做到其中一點，就不會在沒有佐證的情況下判定我有罪。

結果，她很不高興，怪我害得她頭痛。這真的很像雷諾茲爵士，他也發牢騷說，透納老是害他頭疼。

不過，我的刺繡並沒有得獎，我很失望。我在學期最後一天取回作品，送到艾西家，問她還想不想要。

她一把搶了過去，牢牢地掛在牆上。

「艾西，上下顛倒了。」我指出。

她東摸西翻，找到她的眼鏡，仔細打量。

「是顛倒了。顛倒不顛倒，對主來講都是一樣的。不過，為了那些不明白這一點的人，我還是把它放正吧。」

於是她小心翼翼把刺繡上下調整過來。

「我還以為妳可能已經不喜歡了。」

「別胡說，孩子，連上主自己都被人瞧不起過，可別指望那些沒洗乾淨的人會有鑑賞力。」

（艾西老把沒改信基督的人叫成沒洗乾淨的人。）

「唔，有時候也還可以啦。」我放大膽說，話中帶有一點相對主義的意思。

艾西這下生氣了。她是個絕對論者，有些人認為你要是沒看著牛，牛就不算存在，對於這種人，她連理都懶得搭理。一樣事物既已被創造，就永遠有效力，其價值不會上下波動。

她說，理解力根本是騙人的玩意兒，聖徒保羅不就說過，我們所見是從鏡中看到的影像，模糊不清⓯。而華茲華斯不也說過，我們光瞥了兩眼就說自己看到了？「這塊水果蛋糕——」她吃了一口，拿著蛋糕揮了一揮，又吃一口——「不是因為我吃了，才使這塊蛋糕變成可以吃的東西。不需要我，它就已經存在了。」

這個例子舉得很糟，不過我曉得她的意思。那意思是說，創造乃是基礎性事物，鑑賞力則是附加上去的東西。事物一旦被創造，就脫離了創造者，無需任何助力，便有完整的存在。

「來吃塊蛋糕。」她興致勃勃地說，不過我沒有吃，因為就算艾西的哲學看法有誤，她這一番蛋糕不需要我們吃便已存在的立論卻誠然是真理。那裡頭說不定包含了一整個城鎮，有它自己的規矩，還有自成一格的八卦是非。

那些年中，我一直努力爭取得獎。有些人希望能改善世界，卻又瞧不起這個世界。但是我始終沒成功，得獎是有公式、有祕訣的，是什麼，我並不曉得，但是上過公校或參加過女童軍的人似乎明白。一輩子都是這樣，一開頭是種植風信子，中間，當選班代表，最後則成為保守黨員。

我的風信子是粉紅色的，兩株都是，我稱之為「天使報喜」（必須有主題才行）。我取這個名字是因為那些花苞都擠成一團，令我聯想到天使前來造訪後不久，馬利亞和伊利莎白的反應，我認為這樣可以巧妙地將園藝學和神學結合在一起。我在底部附了短短的解說，還註明章節出處，如此一來，如果有人想查閱就方便了。可是，我沒有贏。得

⓯參見新約聖經哥林多前書十三章十二節。

獎的是一對花苞四散的白風信子，叫做「白雪姊妹」。於是，我把「天使報喜」帶回家餵兔子。事後我有點不安，這樣做會不會是邪門歪道，兔子會不會生病啊。後來，我努力想要贏得復活節繪彩蛋比賽，由於之前那些聖經主題都沒給我帶來什麼好成績，所以我想試試別的，不可能是拉斐爾前派的風格，因為珍妮·莫利斯[16]很瘦，不大適合繪在彩蛋上。

那柯立芝[17]和波洛克來的男人，好不好？

柯立芝胖胖的，可是我覺得整幅畫面會欠缺戲劇張力。

「事情再清楚不過了，」艾西說，「華格納。」

所以，我們割開一只厚紙板箱，設定整個場景。艾西負責做背景，我負責做半邊蛋殼裡的石頭。由於細節繁複，我們熬夜製作登場人物，我們選中最令人激動的一幕，就是「布倫希妲正面對抗父親」，我做布倫希妲，艾西做渥汀[18]。我用頂針做布倫希妲的頭盔，還從艾西的枕頭裡拔了幾根小羽毛，黏貼在那上頭。

「她需要一根長矛，」艾西說，「我給妳一根雞尾酒點心籤，可別跟人家講我拿它幹什麼。」

最後，我剪了幾根自己的頭髮，權充布倫希妲的頭髮。

渥汀可是件傑作，一枚褐殼雙黃蛋配上麗池餅乾做的盾牌，加上可以戴上摘下的眼罩，我們還用火柴盒替他做了輛馬車，但就是太小了。

「戲劇性的重點。」艾西說。

第二天，我把它帶到學校，擺在其他作品旁邊，別人的簡直沒得比。可是我沒贏，你可以想像我有多震驚。我並不是個自私自利的孩子，加上我了解天才是怎麼回事，基於惺惺相惜，我非常樂於對別人的才華表示敬佩，然而所謂才華可不是取名為〈復活節兔寶寶〉的那三枚外覆綿花的雞蛋。

「太不公平了。」當天晚上我在姊妹團契聚會上對艾西說。

「妳慢慢就會習慣了。」

「反正，」白太太插嘴說話。她聽到整個經過，「它們又不聖潔。」

⓰ 珍妮．莫利斯（Janey Morris）是十九世紀英國拉斐爾前派的畫家兼詩人羅賽蒂（Dante Gabriel Rossetti）的模特兒。

⓱ 柯立芝（Samuel Taylor Coleridge，1772-1834）為英國名詩人，波洛克（Porlock）來的男人典出他的名詩「忽必烈汗」（Kubla Khan）

⓲ 布倫希妲（Brunhilda）和渥汀（Wodin）為華格納連篇歌劇「尼貝龍根的指環」中的人物。

我並沒有絕望。我用水管清潔劑做《欲望街車》。我做繡花靠墊套子，上面繡著電影《揚帆》中的貝蒂・戴維絲。我用真正的蘋果來裝飾「威廉・泰爾」折紙作品。最棒的是，我用馬鈴薯雕出亨利・福特站在紐約克萊斯勒大樓外面的人像。從哪個標準來看，我的事蹟都該令人刮目相看，可是我就像卡努特王，懷抱著希望妄想逼退滾滾洪流，實在愚蠢。不管我做了什麼都沒令人刮目相看不說，反而惹得母親生氣，因為我放棄了聖經題材。她喜歡《揚帆》，因為她在看那部電影時，有人對她示愛，可是她認為我應當用紙折巴別塔才對，我跟她說過，巴別塔太難折了。

「上主曾在水上行走。」我設法向她解釋，她卻僅僅這麼表示。不過，她有她自己的難題。很多宣教士被吃掉了，這表示她得對他們的家屬說明此事。

「雖然我是在事奉主，」她說，「這件事可不容易辦。」

以色列的孩子離開埃及時，白天有雲柱指引方向，晚上則有火柱。他們好像不覺得這樣會有問題，可是對我來講，問題可大了。雲柱是團複雜不可解的迷霧，我不明白基本規則，日常世界是個充斥著怪異想法的世界，無形無格，因此是一片空茫。我總是在重新整理人們心目中認定的事實，盡量自我安慰。

有一天，我學到四面體是數學形體，把橡皮筋繞在幾根釘子上便可得出這個形體。

可是，四面體是位皇帝……

四面體大帝住在整個用橡皮筋搭建而成的宮殿裡。皇宮的右側有精巧的噴泉源源噴出橡皮筋泉水，皇宮左側，有十位吟遊詩人日夜彈奏橡皮筋魯特琴。

皇帝深受眾民愛戴。

夜裡，瘦巴巴的狗兒睡著了，音樂把所有人送入夢鄉，唯有那最警醒的人沒有入睡。恢宏巨大的皇宮宮門深鎖，堅如磐石，把可惡的等腰三角形拒於宮外。那等腰三角形正是文質彬彬的四面體大帝不共戴天的仇敵。

然而，到了白天，守衛拉開宏偉的大門，讓陽光灑遍平原，以便四方朝貢的禮品送到皇帝面前。

不少人送來貢品，有那最精美細緻的布料，溫度只要稍有變化，便足以將它融化；也有最結實強韌的布料，足以用來興建一整座城市。

還有愛與愚的故事。

有一天，有位佳人獻給皇上一個迴旋馬戲班，獻藝者全是侏儒。

這些侏儒表演所有的悲劇和不少的喜劇，他們同時演出每一齣戲，幸好四面體有許多張面孔，不然恐怕會累死。

侏儒同時演出所有的戲，皇上繞著他的劇場蹓躂，他想要的話，可以同時觀賞每一齣戲。

他走來走去，因而學到一件非常寶貴的事：

世間沒有哪一種情感是一清二楚、確切無疑的。

利未記

有異教徒在，我們家每天都如臨大敵，全神貫注，母親在各處都找得到他們，特別是在隔壁家。他們鎮日折磨她，簡直慘無人道，不過她自有對策。

他們討厭聽聖詩，她偏偏就愛彈我們那架鍵盤發黃的直立式老鋼琴，鋼琴上擺著千瘡百孔的枝形燭臺。我們各自有一本救贖聖詩集（布面厚紙封皮，一本三先令），母親唱主調，我合音。我學會的第一首聖詩，是首輝煌大器的維多利亞時代作品，叫做〈求主救你〉。

有個禮拜天早上，我們領完聖餐回家，正要進門時，聽到奇怪的聲音，好像是隔壁傳來的呼救聲。我沒去注意，母親立在收音機後方卻呆住了，臉色逐漸發白。跟著我們回家聽全球廣播的白太太立刻把耳朵湊到牆上。

「怎麼了？」我問。

「不知道，」她低聲說道，「不過，不管是什麼，肯定不聖潔。」

母親還是一動也不動。

「有沒有葡萄酒杯？」白太太問。

母親神色驚惶。

「我是要拿來作醫療用途的，」白太太匆匆又說。

母親走到大碗櫥前，自最頂層取下一個盒子。那是她的備戰櫥櫃，她生怕哪天又有大屠殺浩劫，為防患未然，每個禮拜都會又買一堆罐頭，收進櫃裡。多半時候，裡頭塞滿了糖水黑櫻桃和特價沙丁魚罐頭。

「我從來沒用過。」她意味深長地說。

「我也沒有。」白太太辯稱，說著又貼到牆上。母親忙著用桌布把電視機罩好，白太太則忙著在壁腳板滑上滑下。

「我們前不久才裝修過牆壁。」母親指出。

「反正也沒動靜了。」白太太喘吁吁地說。

說時遲那時快，隔壁又突然傳出哀號聲。

這一回非常清楚。

「他們在姦淫哪。」母親一邊喊道，急忙伸手捂住我的耳朵。

「放手啦。」我喊道。

狗汪汪叫了起來，我爸呢，昨兒個禮拜六值夜班，這時僅穿條睡褲走下樓來。

「快把衣服穿上，」母親尖聲嚷道，「隔壁的又做起那檔事了。」

我咬母親的手，「不要捂著我的耳朵，我也聽得到。」

「禮拜天欸。」白太太大呼小叫。

冰淇淋車突然來到屋外。

「快去買兩個甜筒冰淇淋，還要一個威化捲冰淇淋，給白太太。」母親下令，塞了十先令到我手裡。

我跑出去。我不很明白姦淫是什麼意思，但我在〈申命記〉裡看過這兩個字，知道那是項罪行。可是，為什麼這麼吵呢？人在犯罪的時候，多半很安靜，不然會被逮到的。我買好冰淇淋，決定慢慢走回去，到家時，母親已經打開鋼琴，和白太太倆正在翻閱救贖聖詩集。

我分發冰淇淋。

「已經停了。」我輕快地說。

「暫時是。」母親陰沉地說。

我們一吃完冰，母親便用圍裙擦擦手。

「〈求主救你〉，我們來唱這首。白太太，妳唱中音。」

我覺得第一段歌詞很優美。

不向誘惑低頭，低頭是罪惡，

每一次勝利會幫你贏得下一次勝利，

英勇抗戰，壓制黑暗的激情，

始終仰望耶穌，祂將扶持你。

這首聖詩有一段合唱相當激勵人心，母親大受感動，完全不按照救贖聖詩集的樂譜來，自創恢宏的和弦，用力彈著鋼琴，沒有漏掉任何一個音符。我們唱到第三段時，隔壁的敲起牆壁。

「聽聽這些異教徒。」母親得意地喊道，一腳憤憤地大力踩踏板。

「再唱一遍。」

我們就再唱一遍，異教徒被福音歌詞氣壞了，急忙張羅來隨便什麼鈍器，隔著牆壁砰砰亂敲。

他們當中有幾個跑進後院，隔牆嚷道：「他媽的什麼吵吵鬧鬧的玩意兒，閉嘴。」

「講粗口，禮拜天欸。」白太太罵道，她好不驚駭。

母親從鍵盤上猛然跳起，衝到後院，背起聖經。她發覺自己正瞪視著隔壁家長子那張長滿青春痘的臉。

「願主扶持我。」她禱告說。〈申命記〉裡的一小節文字，如靈光一閃般，浮現在她心頭。

「上主要使你們身上長瘡，像祂從前使埃及人長瘡一樣。祂要使你們全身長滿癬疥，又痛又癢，不得醫治。」（修訂標準版）

然後她跑回來，砰的一聲關上後門。

「好啦，」她臉上露出微笑，「有誰想吃點東西？」

母親自稱是留在後方的宣教士。她說，上主並沒有召喚她像史普雷牧師和他的榮耀傳道會那樣到炎熱地帶去，而是要她就在蘭開夏的大街小巷裡宣教。

「主一直在指引著我，」她告訴我，「只要看我在維根的工作，就會明白這一點。」

很久很久以前，就在母親信主後不久，她收到一封奇怪的信，郵戳地址在維根。她起了疑心，因為她曉得魔鬼想盡一切辦法要誘惑甫獲拯救的人。她在維根只有一位舊識，是她的老情人，她結婚時，那人曾揚言要自殺。

「要怎樣，隨你。」她說，拒絕回應。

好奇心終究占了上風，她撕開信封：根本不是皮耶寄來的，發信者是迷失者協會的艾力．彭恩（牧師）。

信紙上的徽章圖形是圍繞著山巒的一群人，底下有呈弧形的一小行字，寫著：「緊附磐石」。

母親繼續往下讀……

史普雷牧師離開維根前往非洲前向協會推薦我母親。他們在徵求新會計，前一任會計巴太太（娘家姓李）前不久結婚，遷居莫克姆，將在那兒開家招待所，接待有喪親之慟的旅客，凡是為協會工作的人一律享有優惠房價。

「這是一項相當吸引人的建議。」牧師特別提到。

母親受寵若驚，決定接受牧師的邀約，到維根住上數日，熟悉一下協會的情況。父親當時在上班，所以她把地址留給他，還留了字條說：「我在維根忙著服事主。」她三週後才回家，此後定期到彭恩牧師那兒去查帳與勸募新會員。她是位優秀的事業女性，在她主管之下，迷失者協會的會員增加了近一倍。

每份申請表上都列有好幾項誘人的優惠：聖詩集和其他宗教用品享有折扣價，獲贈會員通訊，每一期都附有免費禮品、免費的聖誕節唱片，另外，當然啦，至莫克姆招待所住宿可以打折。

母親定期設計協會會員專有的有趣禮品，有一年是可擦拭的折疊式啟示錄小冊子，這樣一來，一旦基督復臨，有福的人便絕不會錯過異象和預兆。還有一年是土人撲滿，可用來存錢奉獻給宣教活動。我最喜歡的則是計算尺兼室外溫度計，質料是很結實的膠木，一面是簡單的溫度計，另一面則是計算尺，顯示傳教的可能成果：要是從你開始，人人都帶領兩個靈魂來到主前面，那麼一年便可以勸募多少人信主。根據計算尺的估算，不出十年，整個世界便將統統歸於主懷，這給了那些怯懦的人多大的鼓勵呀，母親收到好多謝函。

協會每年趁旺季到來之前，都會在莫克姆招待所舉行一次週末聚會——旺季是在復活節前後，也就是害得人惡疾叢生的嚴冬過後。當然啦，偶爾元月份也會發生洪水泛濫的意外，可是人們只要知道冬季終究會走到盡頭，便會堅持忍耐下去，這份耐力真是叫人驚訝。對於盡頭，不論是個人的也好，整體概括的也好，母親素來感興趣，她有位朋友做花圈生意，以前法爾德海岸一帶的花圈多半都由此人包辦製作。

「我們的時節來臨啦。」她每到冬天都會講上這一句，每年冬天她都會買上一件新外套。

「只有逢到這個季節，我才買得起，」她說，「這年頭人活得久，而且辦後事都盡量簡單。」她搖搖頭，「唉，生意大不如從前了。」

她有時會來我們家小住，來時總帶著她的鐵絲、海綿和目錄。

「說來好玩，大夥老是要同樣的東西，從來就沒有冒險精神，不過，我有一次為一位音樂家的丈夫用康乃馨做了把小提琴。」

母親深表同情地點點頭。

這女人啜了一口茶。

「哎呀，維多利亞女王，葬禮得像那樣才對嘛。」

她從滿滿一碟巧克力餅乾的最底下拿了一塊。

「當然，我當時年紀還小，可我母親啊，紮花圈紮到手指皮都磨破見骨嘍。那個時候的花圈才叫花圈，有心形啦，花朵啦，冠冕啦，家族徽章啦，看，我的目錄裡還有這些花樣哩，」她拿出目錄，翻開破舊的書頁，指給我們看，「可是現在都沒人要了。」

她又拿了塊餅乾。

「十字架，」她帶著苦澀的語氣說，「我如今只做這個，十字架。對像我這樣訓練精良的女性來說，真不是件好事。」

「妳可不可以也紮婚禮花圈呢？」我問她。

「婚禮，」她哼了一聲，「婚禮又能怎麼樣？」

「多少會有點變化吧？」我表示。

「妳以為他們會要什麼樣的婚禮花圈？」她質問我。

我不知道，我沒參加過婚禮。她低頭看著我，眼睛亮晶晶的。

「十字架。」她說，再添了一杯茶。

週末，我們大隊人馬浩浩蕩蕩前往莫克姆，參加協會的聚會，那女人也去了。

「接了一筆生意要做。」她告訴我們。

附近有間住宿學校日前顯然有流行性傳染病肆虐，不少學生離開人世，他們的父母自然想要訂花圈。

「校方為了表示追悼，訂了兩個以學校顏色紮的網球拍花圈。我用含羞草和玫瑰花來紮，很難，不過是一項挑戰。」

「嗯，錢就是錢，總不會出錯，是吧？」母親說。

「我要拿來裝修浴室，就是這樣。像我這樣受過精良訓練的女人，卻沒有一間浴室，太不像話了。」

我問可不可以幫忙，她說可以，所以我們一起去了溫室。

「戴上，」她給我一雙無指手套，「開始整理玫瑰吧。」

她的雙手已經紅了，還被含羞草花粉染得斑斑駁駁。

「妳看妳母親會喜歡哪種？」她隨口問我。

「依我看，應該是氣派一點的東西吧，我想她會喜歡頁面翻開在啟示錄的聖經。」

「唔，再說吧。」

我和這女人相處融洽，多年以後，我需要星期六打工的機會，她幫了我一把。那時她已經和一位殯葬業者合夥做生意，這樣便可用優惠價提供全套服務。

「價格戰打得可凶哪。」她告訴我。

他們倆拉到不少生意，時常需要額外的幫手。我常過去幫忙打點屍體和化妝，起初我很笨手笨腳，用了太多胭紅，直抹到顴骨下方。

「要有敬意，」女人說，「死者也有尊嚴。」我們總會備好一張葬禮事項檢查表，不久之後，那變成我的工作。我四處檢查，確定死者已獲得他們想要的東西，有些人只要求帶本祈禱書、聖經或婚戒，可是有些簡直就像埃及人，我們擺放過相本、最好的衣裳行頭、最喜愛的小說，有一回甚至是那人自己寫的小說，小說的女主人翁是條打了結的鞋帶，她和名叫希特勒的睡衣為伴，在電話亭裡待了一個禮拜。

「真是個怪胎。」女人邊看小說邊說。

不過，我們還是把書放進去。這令我想起羅賽蒂，他把新的詩作拋進妻子的墳墓裡，過了六年，又請求內政大臣批准他把它們挖出來。我喜歡我這份工作，從中學到不少有關木料和花卉的知識，我也喜歡替棺木把手上漆，進行最後修飾。

「永遠得用最上乘的才行。」女人宣稱。

有一年，協會在我們這個小鎮舉行特別會議，母親一連好幾個禮拜四處奔走，以確保大夥兒屆時踴躍出席。梅和愛麗絲分發邀請函到家家戶戶的信箱，朱貝莉小姐應邀演奏雙簧管。這次會議對大眾開放，以啟發並鼓勵新會員。我們所能找到的唯一場地，是坐落在聖嬰街轉角的利甲會堂[19]。

「妳覺得這樣妥當嗎？」梅憂心忡忡地問。

「我們別鑽牛角尖就行了。」母親說。

「可是他們聖不聖潔啊？」白太太堅持問道。

「這得由上主來決定了。」母親以非常堅定的口吻說。白太太剎時滿臉通紅，後來我們看到她把自己的名字從自願提供麵包的名單上劃掉。

---

[19] Rechabite Hall，利甲會堂，亦可譯為禁酒者會堂。根據聖經耶利米書記載，利甲人乃利甲（Rechab）後裔，是永不喝酒的民族。

開會日期訂在禮拜六，而每逢禮拜六聖嬰街附近都有市集，所以母親給我一個裝柳橙的箱子，吩咐我對過路人叫喊，說明我們正在那兒做什麼。我可難受了，大多數的小販都嫌我妨礙到他們作生意，說什麼他們付了場租，我卻沒有之類的話。他們這樣欺負我，我並不在意，我早就習慣了，我從來不會以為他們是衝著個人而來，可是當時天下著雨，我又想做好我的工作。後來，在廠底區開店的艾太太實在看不下去了。她週末在這兒擺攤，多半賣寵物食品，不過要是情況緊急，也會指點人如何除害蟲。

「我想休息一下。」她說。

她讓我把我的柳橙箱搬進她的攤位篷架裡，這樣我才不會因為要分發宣傳小冊子淋成落湯雞。

「妳媽簡直瘋了，妳知道。」她不停地說。

她的話說不定沒錯，可是我又能怎麼樣？

時間終於到了下午兩點，我鬆了一口氣，我可以和其他人一起進會堂了。

「妳發了多少本出去？」母親守在門口問。

「全部都發光了。」

她態度軟化下來，「乖女兒。」

就在這時，有人彈起鋼琴，我趕快進門。室內掛了很多使徒肖像，陰森森的。講道內容是在說什麼叫完美，而我就是在那一刻，頭一回對神學產生不同看法。

講道的那人說，完美是必須致力追求的一樣事物，那是一種神格狀態，是人類墮落以前的狀態，我們唯有在來世才能真正達到這種狀態，可是我們對它有所感知，是種令人發狂、於理不通的感知，這既是神恩，也是詛咒。

「完美，」他宣布，「就是無懈可擊。」

很久很久以前，森林裡頭住了一個女人，她貌美如花，人只消看她一眼，便病痛全無，五穀豐收。

她也很有智慧，通曉自然法則和宇宙運行之道。她最愛紡紗，總是邊唱歌邊紡紗。在此同時，森林中一塊已開闢成城鎮的地方，有位了不起的親王正在他的宮殿迴廊裡徘徊，愁眉不展。在不少人心目中，他是優秀的親王、可敬的領袖。他長相亦相當俊俏，只是有時候性子稍嫌太急。

他邊走邊對他那忠實可靠的伙伴——一隻老鵝——大聲講話。

「我要是能找到賢妻就好了，」他嘆道，「沒有賢妻輔佐，叫我如何治理整個王國啊？」

「可以授權別人哪，怎麼樣？」鵝提出建議，她在一旁搖搖擺擺的，設法好好地走路。

「別傻了，」親王高聲說，「我是真正的親王。」

鵝漲紅了臉。

「問題在於，」親王繼續講，「天下是有很多女孩，卻沒有一位有那一項特質。」

「那又是什麼來著？」鵝氣喘吁吁。

親王眼神投向遠方，良久，然後整個人躺到草地上。

「老大，你的緊身褲裂開了，」他的伙伴難為情地輕聲說道。

可是親王沒有注意。

「那一項特質啊……」他打了個滾，一手撐地，半倚半躺，示意鵝也這麼做。

「我想要一個女人，她從裡到外都沒有瑕疵，各方面都無懈可擊，我想要一個完美的女人。」

他把臉埋在草叢裡，哭了起來。

鵝深深為親王這番真情告白所感動，拖著腳走開，想看看能不能找到策士，請教高明。她找了好久，在皇家橡樹底下偶然撞見一群策士，正在那兒打橋牌。

「親王想娶妻。」

他們全體一齊抬頭。

「親王想娶妻，」她再說一遍，「而且她必須從裡到外都沒有瑕疵，各方面都無懈可擊。她必須完美。」

最年輕的策士取出他的號角，大聲疾呼。「徵求賢妻，」他喊道，「務必完美。」

策士花費三年時間走遍全國，卻是白費工夫。他們找到不少秀外慧中的女性，可是親王統統不要。

「親王啊，別痴人說夢了，」鵝有一天說，「您想要的事物根本不存在。」

「它非存在不可，」親王堅稱，「因為我想要。」

「那得等你死了以後。」鵝聳聳肩，打算回到她的飼料槽。

「我先讓你死。」親王啐道，一刀剁下她的腦袋。

又過了三年，親王開始寫書打發時間，書名叫做《完美的神聖奧祕》。他把全書分為三部。

第一部：有關完美的哲學。聖杯、無瑕的生活、迦密山的最後抱負、聖德蘭以及心靈的堡壘。

第二部：完美的不可得。人在這一生永無止息的追尋、痛苦、大多數人選擇退而求其次。他們日漸擴散的腐敗風氣。務必認真。

第三部：我們需要創造一個充滿完美人類的世界，如此便可能在人世創造天國。完美的種族。勸告人們務須專誠一心。

親王寫完書之後相當滿意，送給每位策士一人一本，這樣一來，他們便不會獻上第二好的事物，白白浪費他的時間。其中有位策士帶著書到森林偏僻的角落，以便靜心讀書。他學問底子不深，而親王行文又相當艱澀。

他躺在樹下，聽見左側某處傳來歌聲。因他生性好奇，又熱愛音樂，於是起身尋找唱歌的人。在林中一片空地，有個女人正一邊紡著紗，一邊以歌曲為伴。

策士覺得，她真是畢生見過最美麗的女人。

「還會紡織呢。」策士心想。

他朝她走去，到她跟前鞠躬為禮。

「好姑娘。」他開口說道。

「你要是想聊天，」她說，「得稍後再來，我正在趕工交貨。」

策士大吃一驚。

「可是我是皇室的人。」他告訴她。

「而我得趕工交貨，」她告訴他，「想要的話，請來用午餐。」

「我正午再來，」他期期艾艾地回答，大步走開。

在此同時，策士四處打聽佳人身份。她芳齡多少？出身哪一人家？有無家眷？聽不聽明？

「聽不聽明？」有個老頭大言不慚地說，「她呀，完美無瑕。」

「你說她完美，是不是啊？」策士搖晃老頭的肩膀追問道。

「是呀，」他嚷道，「我說她完美。」

一到正午，策士便砰砰地用力敲她家的大門。

「菜色是乳酪湯。」她一邊說，一邊讓他進門。

「誰管它是什麼菜，」他回嘴，「我們得動身了，我要帶妳去見親王。」

「幹麼？」女人邊問邊舀湯。

「他說不定想要娶妳。」

「我不打算結婚。」她說。

策士轉頭看她，一臉驚色，「為什麼不結？」

「我對這事不感興趣，你到底要不要喝湯？」

「不要，」這位年輕人大聲說，「不過我還會再來。」

三天以後，森林裡起了大騷動，親王帶著隨從前來，親王由於長期坐著不起，雙腳已失去作用，得坐在轎上，被人抬著走。女人一如以往，在林中紡紗，親王一見到她，便從轎上跳下，喊道：「我的腳好了，她絕對是完美無瑕沒錯。」他雙膝跪地，向她求婚。

朝臣帶著微笑，交換一個眼神。這下子可好了，他們不必再搞那些荒唐無聊的事，從此過著幸福美滿的日子。

女人含笑低頭看著跪在地上的親王，摸摸他的頭髮。

「你的好意我心領了，但是我不想嫁給你。」

圍在四周的朝臣嚇得猛吸一口氣。

一片死寂。

親王掙扎著起身，好不容易才站直，從口袋中掏出他寫的書。

「可是妳非得嫁給我不可，我整本書都在寫妳呀。」

女人脣邊又浮現微笑，她看看書名，蹙著眉，向親王示意，拉著他走進她家。

足足有三天三夜之久，朝臣滿懷恐懼，在小屋外紮營，屋內一點動靜也沒有。到了第四天，好久沒梳洗的親王，帶著一臉倦色走出來。他吩咐幾位首要策士到他身邊，跟他們講起這幾天的遭遇。

那女人的確完美，這一點無庸置疑，可是她並非無懈可擊。身為親王的他，錯了。她之所以完美，是因為各種品質和力量在她身上呈現出完美的平衡，她在各方面都呈幾何對稱。她對他說，追尋完美，其實應說是追求平衡、追求和諧。她給他看了天秤座，也就是磅秤，還有雙魚座，也就是魚，最後伸出自己的雙手。「線索就在這裡，」她說，「這就是最初，也是個人的平衡。」

「有兩項原則，」她說，「就是重物和砝碼。」

「正是，」一位策士表示，「您指的是命運之球和幸運之輪。」

親王轉了個身。

「你怎麼會知道？」他問。

策士漲紅了臉。「喔，我母親教過我，我都忘了，剛剛才想起來。」

「嗯，不論如何，」親王不由分說，斷然表示，「重點是，我錯了，我得寫本新書，並向鵝公開致歉才行。」

「殿下，萬萬不可，」策士們倒吸一口氣，異口同聲說。

「為什麼不可以？」

「因為您是親王，而在百姓心目中，親王是不會犯錯的。」

那天晚上，親王在林間踱步，希望能找到解決之道。午夜鐘鳴時，他聽見身後傳來聲響，於是抽出寶劍，與他的首席策士面對面撞個正著。

「路西安，」他驚呼（因為來者就是他）。

「殿下，」那人鞠躬哈腰，答稱，「我想到了解決之道。」接下來，他附耳對親王報告，足足有四十五分鐘之久。

「不行，」親王嚷道，「我不能這樣。」

「殿下，非這樣不可，您的王國正面臨著危機哪。」

「沒人會相信我的話，」親王坐在一截樹幹上，哀嘆說。

「會的，他們非得相信不可，他們一向如此。」他的策士以不慍不火的語氣說，「請相信我。」

「我非得如此不可嗎？」親王狂亂地問道。

「非得如此不可。」策士口氣非常堅定。

夜更深了，親王調整心態，準備迎接一切不快。破曉時分，號角聲響徹雲霄，滿朝官員和所有村民齊集林間，傾聽親王發表談話。

親王剛剛才梳洗清爽，站在人群中，傳喚女人前來。

她一踏出家門，清晨的第一道光芒正巧打在她身上，她光彩耀眼，如火炬一般照亮整片空地。人群中傳出讚嘆的低語聲，因為她這天看來比歷來任何時候更美。親王用力地吞口水，開始發言。

「各位鄉親，大家都曉得我在追尋完美，我希望在各位當中已有不少人看了我的著作。我原指望能在此地結束我的追尋，可是如今我明白了，完美是找不到的，而是需要加以塑造，世上並沒有無瑕的事物……」

「可是的確有完美的事物。」女人清晰有力地開口說道。

「這位女性……」親王繼續說，「盡了她最大的努力，想讓我相信完美和無瑕是兩碼子事，然而，要是她自己不是毫無瑕疵，幹麼費這麼大的勁呢？」

「我根本沒費勁，」女人還嘴說，語氣照舊堅定有力，「是你自己來找我的。」

人群中傳出一波異議聲，有個人突然叫嚷。

「可是她治好了你！」

「那是邪術！」首席策士反脣相譏，「逮捕那個人。」這個人被五花大綁，帶離現場。

「可是她沒有瑕疵。」另一人喊。

「我有，」女人平靜地說，「有很多。」

「這可是她親口證明。」首席策士吼道。

女人向前走了一步，站在親王跟前，後者這時早已不由自主地打著哆嗦。

「你想要的，並不存在。」她說。

「這可是她親口證實。」首席策士又高聲嚷道。

女人沒去注意，繼續對親王發言，後者臉上失去了血色。

「確實存在的事物，其實就在你雙手可及的範圍內。」

親王昏倒了。

「妖魔啊妖魔，」策士尖聲叫喊，「我們不會放棄我們的任務。」

「到時你們都已經死了。」女人聳聳肩，準備回屋裡。

「等妳死了再說，」親王恢復知覺，喊道，「砍下她的腦袋。」

他們就砍下了女人的頭顱。

鮮血立刻匯集成一片湖泊，把策士和大部分朝臣淹死。親王爬到樹上，好不容易保住性命。

「這事真叫人討厭，」他思忖道，「不過，好歹我殲滅了大奸大惡。這會兒，我得繼續我的追尋。可惜的是，今後有誰能為我獻策呢？」

就在此刻，他聽到腳底下傳來聲響，低頭一看，是個賣柳橙的小販。

「好主意，」親王高呼，「來一打柳橙，回家的路上吃。」

「老頭，」他喊道，「賣我一打柳橙。」

老頭翻來揀去，挑了一打出來，放進袋子裡。

「還有沒有別的？」親王問，心情好多了。

「抱歉，」小販說，「我只賣柳橙。」

「哎呀，」親王嘆口氣，「我還指望著有沒有什麼可以讓我在回程上讀一讀呢。」

老頭抽了抽鼻子。

「沒有雜誌嗎？」

老頭搖搖頭。

「沒有宣導小冊子嗎？」

老頭擤了擤鼻子。

「好吧，那我走了。」親王決定。

「等等，」老頭突然說，「我有這個。」

他從口袋掏出一本皮面精裝書。「不知道這個合不合你的口味，它的內容關於如何塑造完美的人，整本書在講有個男人辦成了這件事，不過你要是欠缺必要的設備，這本書就沒什麼用處。」

親王一把搶過來。

「說來有點怪，」老頭繼續講，「那傢伙脖子上栓了個鏍絲釘……」

但是親王已經不見蹤影了。

民數記

春天來了，地上還有殘雪，我即將嫁人。我身穿潔白的禮服，頭戴金冠，走向地毯另一端，可是我的頭冠越來越重，禮服越來越絆腳，令我舉步維艱。我以為大家都會對我指指點點，但是沒人注意到我的窘態。

不知怎的，我走到祭壇前，那教士身材本就肥胖，而且越變越胖，你知道，就像吹泡泡糖那樣。終於到了那一刻，「你可以親吻新娘了。」我的新婚丈夫轉身看我，接下來有好幾個可能。他有時是個盲人，有時是頭豬，有時是我母親，有時是郵局那個男的，有一回是整套三件式西裝，裡面什麼也沒有。我對母親講起這事，她說我是因為晚餐吃了沙丁魚才會做這種夢。第二天晚上，我吃香腸，卻又做了同樣的夢。

我們那條街上有個女的，曾經告訴我們大家她嫁了頭豬。我問她為什麼要嫁給豬，她說：「人總是等到生米已煮成熟飯才發現真相。」

沒錯。

這個女的顯然在日常生活裡發現我在夢中發覺的事。她糊里糊塗嫁了頭豬。

從此，我時時留心觀察那個男人，實在很難看出他是頭豬。他人挺聰明，但是有雙鬥雞眼，皮膚泛著桃紅色。我設法想像他沒穿衣服的模樣，嚇死人啦。

我認識的其他男人也好不到哪兒去。管郵局的那個男的頂上無毛，腦袋光亮，一雙巨掌肥腫得伸不進糖果罐。他叫我小乖乖，母親說這是在表示親切。他也送我糖吃，這件事給他加了兩分。

有一天，有新糖果進貨。

「有甜甜的心送給小甜心吃喔，」他笑呵呵地說。那天，我氣得差點沒把我的狗掐死，母親情急之下，硬是把我拖出門外。我才不是什麼小甜心，可我是個小女孩，所以就是個小甜心，而這裡有糖果可以證明這件事。我看了看袋子裡面，有黃色的、粉紅色的、天藍色的和橘色的，統統是心形，上頭印有一些字，好比說，

莫琳給阿健
傑克與姬兒，真情

回家的路上，我嘎喳嘎喳地嚼著莫琳給阿健，覺得真是太莫名其妙了，大家都說你會找到真命天子。

我母親說過這話，令人莫名其妙。

我阿姨說過這話，令人更加莫名其妙。

郵局那個男人賣的糖果也講了這話。

可是問題來了。有個女的嫁給了一頭豬，隔壁那個滿臉痘痘的男生常帶女生回家，還有我做的夢，這些事該怎麼說呢？

當天下午，我去圖書館，刻意不走捷徑，以免碰見那些情侶。他們老弄出些奇怪的聲響，聽來很痛苦似的，那些女孩背抵著牆，靠得緊緊的，身子都快被擠扁了。我坐在圖書館裡頭，心情好多了。你可以相信文字，不斷閱讀，直到了解這些文字的意思。文字不像人那麼善變，已經寫出來的字不會到了句子一半突然變成另一個字，因此比較容易識破謊言。我找到一本童話故事，讀了其中一篇，叫做〈美女與野獸〉。

故事裡，有位年輕貌美的姑娘，因為父親作了一樁差勁的交易，變成了犧牲品。她必須嫁給一隻醜陋的禽獸，否則整個家族會永世蒙羞。她很善良，逆來順受，聽從安排。大婚之日當晚，她和禽獸同床，看到牠竟如此醜陋，大發同情心，給牠輕輕一吻。頃刻之間，禽獸變身為年輕英俊的王子，他們從此過著幸福美滿的日子。

我真納悶，嫁給豬的那個女人有沒有讀過這個故事，她要是讀過，鐵定失望透頂。還有我的比爾姨丈，這又該怎麼說呢？他長相猙獰，渾身都是毛，而我看書上的圖畫，變形後的王子身上都沒長毛。

我緩緩闔上書，事情很明顯：我碰上可怕的陰謀。

世上有女人。

世上有男人。

還有禽獸。

要是妳嫁給禽獸，該怎麼辦？

給牠們一吻，不見得管用。

而且禽獸很狡猾，牠們會喬裝得人模人樣，一如你我。

好比〈小紅帽〉中的大野狼。

為什麼以前都沒人告訴我呢？這意思是不是說，別人都不知道這事？這意思是不是說，全世界的女人都無辜地嫁給了禽獸？

我盡量努力讓自己恢復信心。牧師就是個男人，可是他穿裙子，因此與眾不同。一定還有其他男人也與眾不同，不過人數夠多嗎？就是這件事讓人擔心。世上有很多女人，大多數都結了婚。如果女人不能和女人結婚——由於生寶寶這件事，我想應該是不行的——有些女人免不了得嫁給禽獸。

依我看，我們這個家族就表現得不怎麼樣。

如果有辨識方法，我們便可以採取配給制度。一整條街上全住了禽獸，這可不大公平。

那天晚上，我們得去阿姨家玩「接龍」。她是教會的撲克牌代表隊，需要練習打牌。她發牌時，我問她：「為什麼有那麼多男人其實是禽獸？」

她哈哈大笑，「問這個問題嫌早了吧。」

姨丈聽見我們的交談，走到我身邊，把臉湊向我。

「不禽獸一點，妳就不會喜歡我們了。」他邊說，邊用滿是鬍碴的下巴摩擦我的臉。我好討厭他。

「少煩了，比爾，」阿姨把他推開。「小乖，別擔心，」她安慰我說，「妳終會習慣的。我剛結婚時，笑了一個禮拜，哭了一個月，然後恢復平靜，這會兒不知不覺已經一輩子了。婚前婚後不同，不過就是這樣，他們有他們的小毛病。」我看看姨丈，他正專心地研究足球彩券。

「你弄痛我了啦。」

「我才沒有，」他咧嘴笑嘻嘻地說，「那不過是一點愛的表示。」

「你講來講去都是這一套，」阿姨反脣相譏，「現在給我閉嘴，滾出去。」

他溜走，我有點指望能看到他屁股後頭夾了根尾巴。

她發牌，「妳還有很多時間，可以慢慢找男朋友。」

「我才不想要男朋友。」

「我們想要的，」她說，一邊丟了張J，「跟我們得到的，往往是不一樣的東西，這一點妳得記住。」

她難道是想告訴我她知道有關禽獸的事？我變得很沮喪，開始連番打錯牌、接錯龍，搞得牌局大亂。最後，阿姨站起來，嘆了口氣。「你還是回家好了，」她說。

我去客廳找母親，她在那兒聽強尼・凱許的唱片。

「走吧，我們打完了。」

她慢吞吞穿上外套，拾起她的小開本攜帶用聖經。我們一同出門，走在馬路上。

「我有話要告訴妳，妳有沒有空？」

「有啊，」她說，「我們來吃顆柳橙吧。」

我設法說明我的夢和禽獸理論，還有我有多討厭比爾姨丈。母親走在一旁，從頭到尾都邊哼著〈耶穌恩友〉，一邊替我剝柳橙。差不多在同時，她停止剝皮，我停止講話，我還有最後一個問題。

「妳為什麼嫁給爸？」

她仔細打量我一眼。

「別這麼傻里傻氣。」

「我才沒有傻里傻氣。」

「我們總得給你些什麼。況且，雖然我早知道他並不是多麼有進取心，但他是個好人。不過，妳放心，妳是要服事上主的，我們當初一有了妳，就立刻將妳獻給了傳道學校。簡愛和聖強．瑞福，還記得吧。」她的眼神變得飄忽。

我記得是記得，可是有件事母親並不知道，那就是我曉得她改寫了結局。《簡愛》是除了聖經以外她最喜愛的一本書，我很小的時候，她一次又一次念這本書給我聽。我不識字，但是我知道書翻到了哪一頁。後來我識字了，好奇心作祟之下，決定自己讀一遍，那好像某種懷舊的朝聖之旅。結果，在那可怕的一天，於圖書館僻靜的角落裡，我發現簡愛根本沒有嫁給聖強，而是重回羅徹斯特先生的懷抱。感覺就像有天我在找撲克牌時竟發現我的領養文件，同樣是晴天霹靂。從此，我再也不打撲克牌，再也不讀《簡愛》。

我們繼續默默走路，她以為我已經滿意，我卻正為她的事在納悶，想著自己該如何調查我想知道的事。

大掃除那天，我躲在垃圾箱裡，偷聽三姑六婆講話。奈莉拿著晒衣繩走出來，釘牢兩端，橫掛在後巷。她向多琳招招手，後者拎著購物袋，正吃力地走上坡，奈莉問多琳想不想喝杯茶、聊聊天。多琳每個禮拜三都會上肉鋪，排隊購買特價絞肉，這總叫她心情惡劣，因為她是工黨黨員，相信人人利益與權利皆應平等那一套。她對奈莉講起，排在她前面的女人竟然買牛排。奈莉搖了搖她髮絲蓬亂的小腦袋瓜說，自從柏特死後，她的日子也不好過。

「柏特啊，」多琳還嘴，「他還沒等到入土，早十年就已經死了。」她說著說著，遞給奈莉一顆軟糖。

「嗯，我不喜歡講死者的壞話，」奈莉不大自在，「誰知道會不會有報應。」

多琳哼了一聲，痛苦地蹲坐在後門臺階上，她的裙子太緊，但是她老假裝那是因為裙子縮水。

「那講活人的壞話呢？我家的法蘭就是個沒用的傢伙。」

奈莉深吸了一口氣，再吃了一顆軟糖。她問，是不是在酒館裡端菜的那個女人。多琳並不知道，不過這會兒回想起來，怪不得他每次很晚回家身上都一股肉汁味。

「妳當初根本不該嫁給他。」奈莉罵道。

「我當初嫁他的時候哪知道他是這副德性？」她對奈莉講起戰時的情況，說她老頭有多欣賞他，嫁給他似乎是順理成章的事。「不過我早該看出來的，明明是來向妳示愛求婚，結果卻和妳老頭喝起酒來，這種男人有什麼用？我呢，淪落到和他母親還有他母親的一個朋友坐在那兒打撲克牌。」

「那他有沒有帶妳出門走走？」

「有啊，」多琳說，「我們以前每週六下午都會去賽狗場。」

她們兩人悶聲不響地坐了一會兒，多琳又往下講：「當然啦，有孩子以後比較好了，我這十五年來都當他是透明人。」

「不過，」奈莉安慰她，「比起對街的希妲，妳還算好命。她家那個喝酒喝到敗家，她又不敢報警。」

「我家那個要是膽敢動我一根汗毛，我就叫人把他抓起來。」多琳冷冷地說。

「妳會嗎？」

多琳頓了一下，一腳在泥土地上畫來畫去。

「抽根菸吧，」奈莉提議，「把珍的事說來給我聽聽。」

珍是多琳的女兒，剛滿十七歲，非常勤學用功。

「她再不趕快交個男朋友，別人會講閒話的。她一天到晚待在蘇珊家作功課，起碼她是這麼跟我說的。」

奈莉認為珍私底下交了男朋友，但假裝是去蘇珊家。多琳搖搖頭，「她是待在那兒沒錯，我問過蘇珊她媽。她們倆最好小心一點，不然別人會以為她們和書報店那兩個一樣。」

「我倒挺喜歡那兩個的，」奈莉斷然表示，「何況有誰能說她們真的做了什麼不對的事？」

「對門的傅太太看到她們買了張新床——雙人床喔。」

「這又能證明什麼？我和柏特以前也同床，可我們在上頭啥也沒做。」
多琳說，這話是沒錯，但是兩個女人可就不同了。
和什麼不同？我躲在垃圾箱裡，心裡直納悶。
「唔，妳家的珍可以去上大學，遠走高飛，她很聰明。」
「法蘭才不會答應，他想抱孫子。還有，我再不趕快回家，他就會沒飯吃，就會從酒館裡買肉派和青豆回家，我才不要給他藉口。」
她費了好大的勁才站起來，奈莉則開始掛衣服。等情勢安全了，我爬出垃圾箱，心中的困惑並未減少幾分，而且渾身上下都是煤灰。
幸好我註定要成為宣教士，此後有好長一段時間，我暫且不去理會男性這個麻煩的問題，專心研讀聖經。我想，我終究會和所有人一樣墜入情網。而數年之後，我果真誤墜情網。

母親說我們得進城去。

「我不要去。」

「把雨衣穿上。」

「我不要去，外面在下雨。」

「我知道，我自己也不想弄得一身溼。」她把雨衣抛給我，轉身照鏡子，整理她的頭巾。我一腳把狗踢出狗箱，想替狗套上皮帶。母親瞥見我的動作。「別去煩那畜牲，帶牠出門只會礙手礙腳。」

「可是……」

「不准帶！」她一手握牢她的包包，另一手牽著我，拉我到了公車站，一路上直數落我是個忘恩負義的孩子。我們上了車，看到梅和艾達也搭同一班車。艾達是那家禁忌書報店的雙姝之一，也是鎮上草地滾球代表隊的隊員。

「看哪，是露薏和小朋友。」梅歡呼。

「她不是小朋友，」艾達說，「她準十四歲了。來，吃塊椰子馬卡龍。」她伸出一只皺巴巴的紙袋。

「謝謝。」母親說，拿了一塊。

「進城去啊？」梅問。

母親點點頭。

「我告訴妳，想買水果的話，除了幾樣西班牙貨以外，其他的可一點也不便宜。」

「我們要去買絞肉，」母親邊說邊把包包抱緊一點，談到錢總叫她不大自在。

「我告訴妳，世上可沒有便宜的東西，」梅又說了一遍，「反正我可是告訴妳了。」她傾身靠過來，胸脯把我的頭髮壓在椅背上。

「梅。」我喘息說。

「要叫梅姨。」母親喝道。

「三點鐘在崔凱咖啡店碰頭，一道喝杯好立克吧。」她快活地把身子往後一靠，我的頭又能活動自如了。

「聽著，露薏，這孩子在換毛呢。」她戳戳我母親，撣一撣黏在她的外套上的頭髮。

「小孩長到這年紀總是這樣，」艾達插嘴，「這沒什麼。」

公車在林蔭大道上停下（母親老愛這麼稱呼這條馬路，因為這讓她回想起巴黎），梅和艾達前往牛肚攤，母親則走到報亭，卻發現他們忘了替她保留《希望聯合會評論》。我實在笨透了，竟然問她能不能替我買件新雨衣。

「那件雨衣耐穿的很，它會比妳父親還長壽。」

我們接著來到市場，母親的絞肉總是買得特別便宜，因為賣肉的和她有過一段情。她說那傢伙是魔鬼，可是說歸說，她照樣跟他買絞肉。他在包肉時，我的雨衣勾到肉鉤，一扯，袖子就掉了。

「媽。」我揮一揮破掉的衣袖，可憐兮兮地說。

「妳這孩子。」她嚷道，一邊掏出透明膠帶，開始在我的臂膀部位纏繞，就在此時，我們看到教聲樂的柯太太，她都在馬莎百貨購物。

「佳奈的手臂怎麼了？」她問。

「不過是她的衣袖而已。」母親盡量字正腔圓地回答。

「喔，我想她需要買件新的，妳不覺得嗎？」

母親換了隻手拿包包。

「我才不覺得，」我衝口說道，「我就喜歡這一件。」

她很不以為然地看著我。

「好吧，我真的覺得……」

「我們今天下午就買件新的，」母親斷然表示，「再見。」她帶著我走開，留下柯太太站在五花豬肉旁邊。

「妳真是丟人現臉，」一等到我們走得夠遠了，母親便罵道，「要是妳外公聽到，會怎麼講？」

「他已經死了。」

「重點不在這裡。」

「她驕傲自大，我討厭她。」

「住口，她家很漂亮。」

我來不及回嘴，就被她推進一家專賣零碼貨和次級品的商店。

「他們沒賣。」我四下看看，不無慶幸地說。

「喔，有的，他們有賣。」母親得意洋洋地回答。

她埋頭在一大落厚紙板箱裡翻來找去，紙箱外頭寫著「剩餘貨品」幾個大字，活像被烙印上記號的綿羊。

「試試看這件。」

我穿上。

大得要命。

「看，還附帶帽子。」

她把一塊不成形狀的塑膠布往以為是我的手的部位一塞。

「哪裡才是正面啊？」我覺得自己被牢牢困住。

「都一樣，怎麼穿都能讓妳保持乾爽。」

我想起看過的一部電影，片名叫《鐵面人》。

「大了一點。」我大著膽子說。

「妳還在長，以後就合身了。」

「媽，可是……」

「我們買了。」

「媽，可是。」

這雨衣是亮粉色的。

我們走到魚攤，一路無語。

我真討厭她。

我看了看蝦子。

牠們也是通體粉紅。

我身邊有個女人，手上提著杏仁霜蛋糕。

糖衣是粉紅色的，還有小小的粉紅玫瑰花。

我噁心得快吐了。

這時，有人吐了，是個小男孩，他母親氣得揍他。

「活該，」我滿懷惡意地想。

我納悶該不該讓帽子掉在嘔吐物上面，不過我曉得她照樣會叫我戴上。

我覺得好悲慘，濟慈只要自覺悲慘，便會換上一件乾淨的襯衫。

但是，他畢竟是詩人。

我要不是因為繞到攤子的另一頭去看水族箱，就不會注意到蜜蘭妮。

她正用一柄汙漬斑斑的薄刃小刀在一大塊大理石板上剔著燻鯡魚的骨。她邊剔骨邊把魚內臟扔進一個馬口鐵桶子，然後把剔乾淨的魚鋪在油紙上，每排好四條魚，便擺上一小枝歐芹。

「我也想做做看。」我說。

她笑了笑，繼續剔魚骨。

「妳喜不喜歡做這個？」

她還是不發一語，我就以一個穿著亮粉色雨衣的人能展現最得體的舉止，溜到水族箱的另一側。雨帽擋住我的眼睛，所以我看得不是很清楚。

「可不可以給我一點魚餌？」我問。

她抬頭看我，我注意到她的眼睛是灰色，很好看，像隔壁家的貓。

「我幹活的時候不可以和朋友講話。」

「我又不是妳的朋友。」我無禮地指出。

「沒錯，但他們會以為妳是。」她答道。

「好吧，那我還是做妳的朋友好了。」我表示。

她盯著我看了一會兒，又偏過頭去。

「動作快一點。」母親突然出現在盛放海螺的大盤子旁邊，催促我。

「我可不可以養一條魚？」

「家裡的幾張嘴都快餵不起了，怎麼可以再多一張。光是養那隻可惡的狗就夠花錢了。」

「小小的一條就行，扇尾金魚好不好？」

「我說不行就是不行。」她邁開大步，往崔凱走去。

我委屈極了，要是她以前用一般人教孩子識字的方法教會我讀書寫字，我就不會著迷於這些東西。只要能養一隻小白兔和奇形怪狀的竹節蟲，我就會很滿足了。

我看看背後。

可是蜜蘭妮已經不見了。

我們到達崔凱時，梅和艾達已等在那裡。

艾達正在整理她的足球彩券，一邊吃著覆盆子香草波紋冰淇淋。

「看，她們來了。」我們進門時，她用肘輕輕推了梅一下。

母親一屁股坐下。

「我快累死了。」

「喝點好立克吧。」梅大聲叫喚女侍，後者放下她的菸，慢吞吞地晃過來。她的眼鏡戴得歪歪斜斜，鏡框上還纏著ＯＫ繃。

「妳怎麼啦？」梅問道，「剛才還好好的嘛。」

「笨蛋夢娜把剛送來的漢堡排壓在我的眼睛上面，」她背倚著牆，沒好氣地說。「他們現在都把漢堡排冷凍起來，硬得像磚頭似的。」

她用抹布在桌面拂來拂去。

「硬得就像磚頭，簡直違反自然。」

她抹了抹菸灰缸。

「我可不是反對用冰箱，不過也別濫用嘛。」

「沒錯，」梅附議，「沒錯。」

「那個柯太太今早來過，」女侍繼續往下講，「她就是個例子，俗不可耐，偏又自以為高尚。」（母親臉紅了。）

「我告訴她，我說，朵琳啊，妳在馬莎百貨買到的東西，價錢比這裡貴了一倍。」

艾達喃喃表示同意。

「知道她怎麼回答嗎？」

梅說不知道，但是猜得出來。

「她裝腔作勢地說，葛太太，我喜歡在我的冰箱裡裝滿我確定品質優良的東西。」

「哈，就她了不起咧，」梅大呼小叫，「她稱呼妳葛太太來著，是吧？叫妳貝蒂有什麼不好啊？」

「就是，」艾達接腔，「叫妳貝蒂有什麼不好？」

然後三人一同低聲埋怨起來。

母親越來越坐立難安。

「葛太太……」她開口。

「叫貝蒂有什麼不好？」女侍轉身，橫眉豎眼。

母親轉過頭，向艾達求助，艾達卻正忙著檢查她的彩券。

「利物浦對流浪者，」她對梅說，「妳看哪一隊會贏？」

「管它的，」貝蒂插嘴說，「妳們要點什麼東西？我可不能一整天站在這裡，我還有很多杯子要洗。」

看得出來母親非常苦惱。

「就是有人愛把口水啊什麼的亂七八糟的東西吐到杯子裡，讓你噁心得簡直要反胃。」她看著我。

「妳禮拜六想不想打工？」

母親登時容光煥發。

「她想。」

「唔，那麼現在就可以開始，貝蒂，可不可以呢？」艾達頭也沒抬，開口就說。

「行，」貝蒂說，「杯子都在那裡。」

於是，我幹起活來，母親、艾達和梅則一邊填彩券，一邊喝好立克。我不討厭這份差事，杯子裡也沒多少口水。況且，這讓我有時間想一想那個魚攤，還有蜜蘭妮。

我一週又一週重回魚攤，只不過去看兩眼而已。

後來，有一個禮拜，她沒有出現。

我別無他法，只好盯著海螺猛瞧。

海螺既怪異，又令人安心。

牠們沒有社區生活的觀念，默默地繁殖。

可是牠們有非常強烈的個體尊嚴。

即使面朝下躺在一盤醋汁裡，海螺仍有某種高貴的氣質。

可不是人人都有這種氣質。

「為什麼我有這種感覺呢？」我納悶。我正打算轉身離開去買份烤馬鈴薯來安慰自己，就看到蜜蘭妮朝魚攤走來。我直接走向她，她看來有點訝異。

「妳好，我以為妳離開了。」

「我是離開了，我改在圖書館打工，只有禮拜六上午。」

我接下來該說什麼？該怎麼做才能多留她一會兒？

「妳想不想吃烤馬鈴薯？」我忙不迭提議。

她微微一笑，說好呀。我們一起走到渥華氏百貨公司外面，坐在長椅上吃了起來。我很緊張，我的馬鈴薯多半被鴿子吃了。她講到天氣和她母親，她沒有父親。「我也沒有，」我說，想讓她心裡好過一點，「唔，算不上有啦。」然後我必須解釋我們教會、我母親，還有我已被獻給主的事。有那麼一時半刻，我講出來的話聽來怪怪的，不過我知道那是因為我太緊張。我問她上不上教會，她說上呀，可是她去的教會不怎麼有活力，因此我當然邀她第二天到我們教會。

「蜜蘭妮，」我終於鼓起勇氣問，「妳為什麼有這麼一個好玩的名字？」

她滿臉通紅。「我生下來的時候樣子很像蜜瓜。」

「沒關係，」我安慰她，「妳現在不像了。」

蜜蘭妮頭一回到我們教會，過程並不算圓滿如意。我忘了芬奇牧師的地區巡迴傳道團正巧那禮拜要來我們教會，他搭著一輛老舊的百福巴士到達，車子一側漆了駭人的地獄景象，另一側則是天主的畫像，後車門和引擎蓋上用綠油漆寫了「天堂或地獄？由你選擇」幾個大字。他深為這輛巴士自豪，它裡裡外外不知締造了多少神蹟。車內有六個座位，這樣一來，不但唱詩班可以隨行，還有足夠的空間收放樂器和一個大型急救箱，萬一哪天魔鬼放火燒人，便可派上用場。

「那火呢？該怎麼辦？」我們問。

「我會用滅火器。」他解釋。

我們都大感佩服。

車內還有可以掛在後車門上的拆卸式十字架，並有一個很小的洗手臺，方便牧師工作完了以後洗手。

「水，至關緊要，」他提醒我們，「耶穌基督吩咐豬群衝進水裡，同樣的道理，我在水龍頭底下把魔鬼沖掉[20]。」

等我們大家都好好地欣賞過巴士、讚嘆一番後，芬奇牧師領著大夥兒回到教堂裡，請唱詩班演唱他最新創作的曲子。「我剛離開桑巴高速公路休息站時，上主把這首歌交到我腦中。」歌名叫做〈聖靈已滿溢〉，頭一段是這麼唱的：

---

[20] 參見路加福音第八章十九到三十九節，耶穌准許汙鬼進到豬群裡去，鬼進入豬群以後，豬便投進湖裡，淹死了。

有些男人飲威士忌，有些女人飲琴酒，
可是啊可是，聖靈滿溢，才叫人喜。
有些人愛啤酒，有些人愛葡萄酒，
可是啊可是，若要心安，張開嘴，迎聖靈。

唱詩班唱了這一段，還有其他五段歌詞，我們人手一份樂譜，一碰到大合唱段落就加入一起唱，芬奇牧師則以邦果鼓伴奏。

大合唱段落是這樣唱的：

我不要裸麥威士忌，不要琴酒加苦艾，不要蘭姆酒可樂，
我不要白蘭地蘇打，而要聖靈點燃我的火。

我們其樂融融，丹尼拿出他的吉他，彈奏和弦，梅也敲起她的鈴鼓，應合著節奏。沒唱多久，大夥兒便排成長龍，以順時針方向繞著圓圈走，一遍又一遍地齊聲大合唱。

「大能的主呀，」芬奇牧師用手敲邦果鼓，一邊氣喘吁吁地喊，「讚美主。」

「洛依，別這麼使勁，累壞了自己。」司琴的芬奇太太抱怨，她正拚命加快速度，想要跟上拍子，「誰去把他的邦果鼓拿開。」可是沒人採取動作，我們唱啊唱的，直到羅太太跌倒了才停止。

那時，我才發覺蜜蘭妮並沒有加入合唱。

「現在開始布道，」芬奇牧師大聲喊道，大夥兒就舒舒服服地坐下來聽道。他告訴我們巡迴傳道路上發生的種種，他拯救了多少靈魂，又有多少受到魔鬼壓迫的善良靈魂尋回了寧靜。

「我這個人並不愛自吹自擂，」他提醒我們，「但是上主賜給我大能的天賦。」我們喃喃表示同意，接著他講起讓我們大驚失色的事：此時此刻，魔鬼正在英格蘭西北部伸出魔掌，於各處肆虐。蘭開夏和柴郡災情尤其嚴重，才不過前一天，他在契多休姆洗淨了一整家人的罪。

「他們受盡折磨，」他掃視全場，大夥兒鴉雀無聲，「是的，受盡折磨。各位知道原因何在嗎？」他退後一步，我們都默不作聲，「違反自然的熱情哪。」

大夥兒不由得打了一個冷顫。不是每個人都明白他指的是什麼，但我們曉得鐵定是件駭人的事。我朝蜜蘭妮瞥了一眼，她一副快要嘔吐的模樣。

「一定是感受到聖靈的緣故。」我心想，輕輕捏了一下她的手。她嚇了一跳，身子一震，瞪著我。沒錯，準是聖靈的關係。

這場精采的講道終了，芬奇牧師提出了呼籲，他呼籲在座有罪的人舉手，當場請求赦免自己的罪。我們低頭禱告，不時抬起頭，半瞇著眼偷看一下禱告有沒有發生作用。我突然覺得有隻手疊在我的手上，是蜜蘭妮。

「我要舉了。」她輕聲說，舉起另一手。

「好的，我看到妳的手了。」芬奇牧師表示。

教堂內傳出一陣歡呼聲，除了蜜蘭妮外沒有人舉手，因此禮拜進行到最後，她出盡了風頭，這卻非她所願。「我感覺糟透了。」她透露說。

「別擔心，」愛麗絲走過我們身旁，輕聲說，「這是種順勢療法。」

可憐的蜜蘭妮，她什麼也不明白，只曉得她需要耶穌。她請我當她的輔導，我同意每個禮拜一去她家，她母親每逢那一天都要去俱樂部上班。我們一同離去，我輕飄飄地彷彿漫步雲端之上，她則拎著整袋的小冊子，內容有關上帝之能，以及給改信基督者的一些忠告。快走到鎮公所時，芬奇牧師從我們身邊疾駛而過，福音歌曲的聲量開到最大，車窗敞開，車頂插著旗幟，迎風招展，好不神氣。

「那是救世軍旗，」我告訴蜜蘭妮，「只要一有人被拯救，他便會插上這面旗。」

「我們搭公車吧。」她回答，口氣有點絕望。

於是，此後每逢禮拜一，我就到蜜蘭妮家，兩人一起讀聖經，通常會花半個鐘頭作禱告。我很高興她是我的朋友了，我不很習慣有朋友，只有艾西是例外。不過這次感覺不同，我在家裡成天都在講她，母親從不搭腔。有一天，她急匆匆拉著我到廚房，說我們得好好談談。

「教會裡有個男生，我想妳對他蠻有好感的。」

「什麼啊？」我一頭霧水。

她指的是葛里安，他從史托克港搬到鎮上，剛改信主。我教他彈吉他，並設法讓他明白他應該養成研讀聖經的習慣。

「時候到了，」她一本正經地往下講，「我應該告訴妳皮耶和我是怎樣差一點就下場淒慘。」然後她替我們倆各倒了一杯茶，打開一包「皇家蘇格蘭人」餅乾。我簡直迷糊了。

「我可不覺得這件事有多光采，我只講一次。」

母親以前很任性，她在巴黎謀到教書的差事，在當年這可是相當離經叛道的事。她住在聖傑曼路一帶，吃牛角可頌，過著潔身自愛的日子。她當時尚未信主，可是律己甚嚴，絕不隨便。有個晴朗的日子，她走向河邊，在毫無預警的情況下遇見皮耶，或者應該說是皮耶從他的自行車上縱身一跳，送給她幾顆洋蔥，直呼她是他見過最美麗的姑娘。

「我自然是受寵若驚。」

他們交換了地址，開始交往，那時母親體會到一種前所未有的感受：耳邊一會兒嘶嘶響，一會兒嗡嗡叫，整個人也暈陶陶。可不光是跟皮耶在一起的時候喔，而是隨時隨地。

「嗯，我當時想，我一定是戀愛了。」

可是這頗令她困惑，因為皮耶人並不是很聰明，又不大擅於辭令，一開口就只會講她有多美麗。那麼他大概滿英俊的？才不，她看看雜誌上的圖片，便明白他一點也不帥。然後，在一個靜靜的夜裡，靜靜享用過晚餐後，皮耶抓著她的手，請她當晚留下來陪他。他一把抱住她時，嘶嘶作響的聲音出現，她覺得自己絕對不會再像這樣愛一個人了，好的，她會留下，然後，他們會結婚。

「願主饒恕我，我真的留下來了。」

母親停止講話，好讓激動的情緒平復下來。我把「皇家蘇格蘭人」推到她面前，央求她把故事講完。

「最糟的還在後頭呢。」

她嚼著餅乾時，我不住猜想著最糟的會是什麼。搞不好我不是上帝的孩子，而是法國佬的女兒。

兩、三天以後，母親由於罪惡感使然感到心慌焦慮，就去看醫生。她躺在長椅上，醫生在她的肚子和胸口戳來戳去，問她是不是覺得頭暈，肚子嘶嘶作響。母親羞答答地表示，她正在戀愛，常常覺得怪怪的，可是她今天來是有別的原因。

「妳八成是在談戀愛沒錯，」醫生說，「不過妳也有胃潰瘍。」

想像一下我母親有多恐慌哪，她竟因為一場病獻了身。她服藥，遵照醫囑進食，皮耶百般懇求，她就是不肯見他。不消說，他們倆後來又不期而遇時她沒有一點感覺，一點也沒有，過了沒多久，她為了躲開他而逃離法國。

「那我是不是……？」我開口問。

「沒這回事。」她立刻說。

我們默默無語，坐了一會兒，然後——

「所以妳得小心，妳以為是妳的心使然，結果卻可能是別的器官在作祟。」

有此可能，母親，有此可能，我心想。她站起來叫我去找件事做。我決定去找蜜蘭妮，可是我剛走到門口，她叫住我，給我警告。
「別讓任何人碰妳下面那裡。」她指了指大約在她的圍裙口袋那麼高的地方。
「好的，母親，」我乖乖地說，然後一溜煙跑走。

我到蜜蘭妮家時天已經快要黑了。如果要到她家，我得抄教堂墓地的小路，有時我會從新墳上偷一束花送她。她每次都很高興，不過我從未告訴她花的來處。她問我想不想住她家，因為她母親當晚不會回來，她又不喜歡一個人看家。我說我會打電話給鄰居，費了好一番工夫後才終於獲得母親同意。她本來正在園子裡種菜，硬生生被叫來聽電話。我們照常讀聖經，然後互相傾吐心聲，說我們有多高興上主讓我們相聚。她摸著我的頭，摸了好久，接著我們互相擁抱，我有種溺水的感覺，心中湧起一陣停止不了的恐慌，肚子裡面好像有東西在蠕動，我的身體裡頭有一隻八爪章魚。

夜幕低垂，清晨再臨，又是新的一天。

從此，我們做什麼都在一起，我儘量多在她家留宿。我比較少和葛里安見面，母親似乎鬆了口氣，有一陣子完全不提我怎麼老是和蜜蘭妮膩在一起。

「妳想這是不是種違反自然的熱情啊？」我曾經問她。

「感覺起來不像。芬奇牧師說，那是種很可怕的感覺。」我想，她講的應該沒有錯。

盛宴上場，滿桌山珍海味，賓客在爭論鵝該怎麼烹調最美味。水晶吊燈三不五時便一陣晃動，灰泥屑紛紛掉落在水果雪酪裡，賓客倒不怎麼害怕，而是饒富興味地抬頭看看天花板。屋裡很冷，冷颼颼的，在座女士特別辛苦，玉肩敞露，像全熟的水煮蛋那麼蒼白。屋外，河面覆蓋著白雪。這些人都是上帝的選民，走道上有支軍隊睡在麥草堆上。

屋外突然出現大批火炬。

笑聲飄進走道，上帝的選民總是這樣。

漸漸老去、死去，而後重新開始。無人注意。

聖父與聖子，聖父與聖子。

永遠都是這樣，什麼都無法侵入打擾。

聖父、聖子與聖靈。
屋外，叛軍襲擊冬宮。

申命記

最後的法典

時間是了不起的終結者，人們逐漸遺忘，覺得無聊，慢慢老去、離開。曾有過一段期間，英格蘭人人皆熱中建造木船，以便出海航行，和土耳其人飆船。後來大家失去興趣，存活下來的農民一跛一跛地走回田地，存活下來的貴族則開始互相算計，彼此陷害。

當然，這並不是完整的故事，但是故事無非是如此。我們高興怎麼講就怎麼講。它是我們用來解說宇宙的一種方法，而解說完了以後，宇宙依舊奧妙。它是我們藉以讓宇宙保持生龍活虎的方法，如此宇宙才不會封閉在時間當中。每個說故事的人講出來的故事都不盡相同，這提醒了我們，每個人看事情的觀點都不一樣。有人說，世上存在著真實的事物，有待我們去發現。有人則說，各式各樣的事物都是可以證明的。我才不相信這一套。只有一件事情是確定的，一切都是那麼複雜難解，就像一條打滿了結的繩子。繩子明明就在那裡，你卻查不出頭在哪兒，也量不出尾在哪兒，充其量只能去讚嘆那糾纏不清的一團，說不定索性再替它多打幾個結。歷史應當是可以蕩來晃去的吊床，是可以玩的遊戲，就像貓咪玩耍一樣。貓咪伸出爪子去搔，咀嚼一番，再整理整理它的形狀，到了臨睡前，它照樣是一團打滿死結的繩子，誰也不必放在心上。有些人因此賺了大錢，出版商就幹得挺好，精明的孩子也會因此得到成功。雨天裡有了它，什麼都不愁，故事簡化了以後，就成了歷史。

人們喜歡把說故事和歷史區分開來，故事並非事實，歷史則是事實。他們之所以這麼做，是為了讓自己知道該相信什麼，又不該相信什麼。這可真耐人尋思，為什麼都沒人相信鯨魚吞了約拿，而約拿卻天天都在吞鯨魚？這些人就在我的眼前，再怎麼可疑的故事，他們照樣囫圇吞下，為什麼呢？因為那是歷史。知道該相信什麼能夠給人帶來好處。它建造了一個帝國，讓民眾各得其所，活在燦爛光明且富強的國境中……

歷史往往是棄絕過去的手段。棄絕過去就是拒絕承認它的完整性，而加以撥弄、擠壓、調整，吸出精髓，直到過去看起來符合你心目中該有的模樣。在我們的小格局裡，人人都是史學家。波帕[21]的作為固然駭人聽聞，卻比我們其他人誠實，波帕打定主意徹底拋棄過去，根本懶得佯裝自己以客觀的敬意對待過去。在柬埔寨，城市被敉平，地圖遭丟棄，什麼都不留。沒有檔案文件，啥也沒有，嶄新的世界，古老的世界太可怕了。我們伸出手指頭，說三道四，然而大跳蚤的身上卻揹著正在咬噬牠們的小跳蚤。

往事一旦變得太難以應付，人便毫不費吹灰之力地處理掉往事。肉體可以燃燒，照片可以燃燒，那麼回憶呢，那是什麼玩意兒？一批烏合之眾，散兵遊勇，全是些不願意了解自己需要遺忘的傻子。處理不掉就修改一番，反正死人又不會叫喊。死亡的事物有某種誘惑力，它保有生命所有令人贊佩的特質，卻沒有活生生的事物那種令人厭倦的紊亂。廢話、牢騷，還有對愛的需求。你可以拍賣過去，把它放進博物館，收藏它。收集古玩可安全多了，因為你要是好奇，就得一直坐在那裡看看接著下來會發生什麼。你得坐在海灘上，等到天氣變冷了，就得投資買艘玻璃底的船，那比釣竿貴多了，你得置身於風霜雨露中。好奇的人難免會碰上危險，你要是好奇，就可能再也回不了家，就像那些如今與美人魚為伴、住在海底的男人。

或者發現亞特蘭提斯的那些人。

清教徒當年揚帆航行時，可有不少人罵他們是瘋子，歷史如今卻有了相反的評價。身為探險家的好奇人士帶回來的，想必不光回憶和故事，他們一定還帶回來馬鈴薯、煙草，或者再好也不過的黃金。

但是幸福並非馬鈴薯。

黃金之國不單只是西班牙的黃金，因此它不可能存在。那些回來的人腦袋當中淨是沒有意義的幻覺，因而發了瘋。於是神志清楚的古玩收藏家，會在自己的前後左右擺滿已經死亡的事物，同時思索著當年還活著、仍活動自如、擁有生命的過往。古玩收藏家住在廢棄的火車站裡，持有一捲記錄各式各樣火車的錄影帶。他是正宗的活死人。

所以說，過去正因為已經過去，它如今能夠加以錘鍊塑造的地方，正是當年具有伸縮彈性的地方。以前可以改變主意的，現在只能承受改變。鏡頭可以染色、傾斜、粉碎，重要的是必須維持秩序……如果我們是十八世紀的紳士老爺，當馬車顛簸翻越阿爾卑斯山脈時，我們會放下窗簾。我們必須知道自己在做什麼，假裝在維持一種並不存在

㉑ Pol Pot，赤棉領袖，自一九七五年革命奪權後，在柬埔寨力行激進恐怖統治至一九七九年，在這段期間，估計柬埔寨有一百七十萬人（另一說兩百萬人）慘遭屠殺。

的秩序，以保持無法存在的安全。

故事當中存有亟待發現的秩序和平衡。

歷史就是聖喬治[22]。

我看著史書，想到它曾經發揮想像力，盡心費力地用封面封底之間排好的字字句句，擠壓這個不斷在冒血淌汗的世界，心中只覺得驚訝。這當中說不定蘊含著無懈可擊的真理，上帝看到了，上帝知道是怎麼一回事，可是我並不是上帝，因此別人向我講起他們聽說或看到的事情時，我相信他們，也相信他們的朋友，他們也看到了，只是看的角度並不相同，我可以匯集各種說法，而我得到的並非天衣無縫的奇蹟，而是一塊三明治，裡頭摻了我自己的芥末醬。

文明的鹹牛肉在五臟六腑內滾動，隆隆作響，二次世界大戰以後，便祕成了一大難題。人的飲食變得太過精緻，太少粗茶淡飯。老是外食的話，你就永遠也搞不清楚自個兒究竟吃了什麼下肚，至於一般認可的資訊呢，誰也不會絞盡腦汁去費疑猜。

卑劣復可恥。

奉勸各位一件事，要是想擁有一口好牙，就自己做三明治給自己吃……

㉒聖喬治是英格蘭的守護聖徒。

約書亞記

「看哪，」母親放下吸塵器，宣布：「就算把靈柩停放在這裡也可以問心無愧，到處都一塵不染。」

白太太揮著抹布，走出門廊，「我把壁腳板都抹了一遍，可是這會兒我的背不行啦。」

「別這麼講，」母親搖搖頭，回應說，「凡此種種都是天賜的考驗。」

「好吧，起碼我們知道這些全是聖潔的事物。」白太太說。

客廳真是乾淨的不得了，我在門邊把頭伸去左看右瞧，注意到所有椅子都已換上我們家最好的椅套，那是母親最好的椅套，是她的法國朋友送她的結婚禮物。黃銅器皿用具都擦得錚亮，史普雷牧師的鱷魚胡桃鉗也被擺到壁爐架上的醒目位置。

「這麼一陣忙活是幹麼來著？」我心裡直納悶，我查了查月曆，可是看來看去，我們家並沒有要舉行家庭禮拜，禮拜天也沒有客席牧師要來講道。我走進廚房，白太太在那兒忙著做蛋糕，看來不怎麼樣，圓圓扁扁的一大塊，裡頭摻了無子葡萄乾，頂層抹了奶油。起先她並沒注意到我。

「妳好，」我說，「這裡是怎麼回事？」

白太太轉過身來，輕輕尖叫一聲，「妳不是應該在上小提琴課嗎？」

「課取消了，家裡還有沒有其他人？」

「妳母親出去了。」她聽起來有點緊張兮兮，不過她經常這樣。

「好吧，那我要出去遛狗了。」我決定。

「我正打算去上廁所。」白太太說著說著，走出後門。

「裡頭沒有衛生紙……」我趕緊講，可是已經來不及了。

我們往山上爬，越爬越高，直到底下的小鎮看來一片平整。狗兒跑到水溝裡頭，我極目眺望，努力辨識好幾個地標，比方牙醫診所和利甲會堂。我心裡在盤算，當天晚上也許要去看蜜蘭妮。有關我的事情，我都盡可能講給母親知道，可是有些事我並沒有講，我有種感覺，那是些她不大能理解的事。況且，我也說不上來自己是怎麼回事，這是我生平第二回心頭浮現無常感，很不踏實。

無常感之於我，就像土豚之於別人，是一樣我完全不明白的古怪事物，只因為聽人描述過，所以認得出來。我這會兒腦袋瓜和肚子裡的感覺，就和那一回發生那樁**可怕的事件**時一模一樣，當時我站在聖物間的茶桶旁邊，聽到朱貝莉小姐說：「當然啦，她一定覺得很不踏實。」我快快不樂，異教徒才會有不踏實的感覺，而我是上帝的選民。

而所謂可怕的事件就是我的親生母親跑來，想把我要回去。我本就曉得我的身世有點奇怪，有一回還在節日用品抽屜的法蘭絨布料堆底下發現我的領養文件。「只是形式而己。」母親說，然後揮揮手示意，打發我走開，「妳永遠都是我的，是上主賜給我的。」

我沒有再多想，直到有個禮拜六，有人敲了我們家的門。母親正在客廳禱告，因此先我一步應門，我跟在她後頭走到玄關。

「媽，是誰呀？」

她沒有答。

「是誰呀？」

「進去，沒叫妳就別出來。」

我溜到客廳，心想若不是「耶和華見證人」來傳教，就代表工黨的那傢伙又來了。

過了一會兒，我聽到說話聲，憤怒的說話聲。母親似乎讓來者進屋了。真怪，她平時很不喜歡讓異教徒進門，「會留下惡劣的氣息。」她老這麼說。

我想起那一回發生姦淫風波時看到白太太做了一件事，便伸手探進備戰櫥櫃的最裡面，在雞蛋粉後面找到一只葡萄酒杯。我把杯子貼在牆壁上——管用，我字字句句都聽得一清二楚。過了五分鐘，我取下酒杯，抱起我們家的狗，哭了又哭。

最後，母親走進來。

「她已經走了。」

「我知道她是誰，妳以前為什麼不告訴我？」

「這和妳沒有關係。」

「她是我母親啊。」

這話一出口，我便覺得好像遭到當頭一擊，整個腦袋轟然作響。我躺在油氈地板上，仰望著那張臉。

「我才是妳的母親，」她以平靜的語氣說，「她只不過是懷了妳。」

「我要見她。」

「她走了，不會再來了。」母親轉身走開，把自己鎖在廚房裡。我無法思考，不能呼吸，於是開始跑步。我沿著長長的馬路，從山腳的小鎮跑上山頂。當時正是復活節前後，山頂的十字架巨大而漆黑，叫人看了心裡發毛。「為什麼沒有告訴我？」我對著上了油漆的木頭喊，雙手不斷拍打木頭，直到沒有力氣才放手。我眺望小鎮，一切都沒有改變，渺小的人影在路上走來走去，工廠的煙囪仍兀自排放著黑煙。在艾力森廉租國宅那頭，有人已經搭起園遊會的棚架。怎麼可以這樣？我寧可見到眼前出現新冰河世紀的景象，也不願見到這些熟悉的事物。

那天，我終於回家時，母親正在看電視。她從此絕口不提那件事，我也沒提。

認識蜜蘭妮則讓人快樂多了，那我為什麼會開始覺得一切是這麼無法掌握？我為什麼有時不會對母親明講我到了誰家過夜？對於我們教會的兄弟姊妹而言，白天也好，晚上也好，互相串門子、留宿對方家裡是稀鬆平常的事。艾西沒生病以前，我常去她家過夜，她應該知道我沒出現在她門前的那些晚上都待在哪裡。我和蜜蘭妮有時會一起在艾西那兒留宿，我們往往整夜不睡，直到陽光透過窗戶灑入，艾西替我們端來咖啡。

「妳們兩個到底在聊些什麼？」她責備道，我們呵欠連天，撥弄著早餐。「不管是什麼，我的想法還是一樣。」

這會兒艾西住院了，我們得謹慎一點。她來我們家住過一夜，母親非常小心地在我的臥房裡架了行軍床。

「沒這個需要。」我告訴她。

「當然有需要。」她對我說。

那天淩晨兩點左右，全球廣播收播，我們聽到她慢慢走上樓來就寢，我早就學乖了，行動要快。她站在我的房門口好一會兒，突然推開門，我只看得到她睡袍底下的穗帶。我們一動也不動，然後她就走開了。她整晚都沒熄燈。不久以後，我決定把我的感覺告訴她，我說明自己有多喜歡與蜜蘭妮作伴，說我有好多話可以對她傾訴，我需要這種朋友，還有……呃……不過這件事我始終無法啟齒，還有……母親一聲不吭，偶爾點點頭，所以我想她大概多少有點了解。講完以後，我親了她一下，此舉八成令她略感意外。我們除了生氣的時候以外，通常絕不會作肢體接觸。「上床睡覺。」她說，拿出聖經。

自此以後，我們難得交談。她好像有她的心事，我也有我的煩惱。這一天，她頭一回恢復原來的模樣，忙進忙出，而且顯然樂於有人作伴，只要白太太有空。我想知道是什麼事又讓她開心起來，因此下山往回走，我們的狗磨磨蹭蹭地跟在後頭。

「有沒有人在家？」我喊道，鞋底在門毯上踩踏幾下。屋內靜悄悄的，她剛才還在，因為客廳的桌上擺著她的聖經和應許盒，她還從盒中取出一張應許紙。我看了看這張捲起來的紙條：「主是你的力量和盾牌。」白太太的外套不見了，不過她把抹布留在椅子上。我把抹布放回廚房，碗櫥上有張字條：「到白太太家過夜。妳明早到教會。」

母親除了到維根出公差，絕不在別人家留宿。不過，這倒是很合我的意，這下子我可以去蜜蘭妮家過夜了。於是，我餵了狗，洗了澡，然後出門。照慣例，我沒錢搭公車，因此安步當車，穿過墓園，繞過加油站後面，走了幾哩路。

蜜蘭妮正在園子裡忙活。

「妳媽今晚有什麼事？」我問她。

「她要去俱樂部，再到愛玲阿姨家過夜。」

「妳想做什麼？」我又問，順手拔了幾根雜草。

她眨巴著那雙可愛的貓灰色眸子衝著我微笑，用力扯掉她的橡皮手套。

「我去燒壺開水，把熱水瓶灌滿。」

那晚我們天南地北地談著各自的計畫，聊了好久。蜜蘭妮真的想成為宣教士，而我則是命中注定要宣教。

「妳為什麼覺得這個想法不怎麼樣？」

「沒什麼，我只是不大喜歡炎熱的地方，我去年在潘頓中過暑。」

我們都默不作聲，我摸著她纖巧的骨架和腹部的三角形肌肉……為什麼親密的感覺叫人如此不自在？

第二天早餐時，她告訴我打算上大學修習神學，我不以為然，因為現代的神學研究充斥著異端邪說。她認為她應該了解一下別人對世界的看法。

「但是妳知道他們是不對的。」我堅持己見。

「話是不錯，可是搞不好滿有趣的。走吧，再不去教會就要遲到了，妳今天不用講道吧？」

「對，」我說，「本來是要的，可是後來又不用了。」

我們匆匆忙忙穿過廚房，我站在臺階上吻她。

「我喜歡妳，幾乎就像我愛主那麼多。」我笑著說。

她看著我，有那麼一會兒眼神陰沉暗淡。「我不懂。」她說。

我們到教會時，大夥兒已經唱起第一首聖詩。母親瞪了我一眼，我努力扮出愧色。我們溜到朱貝莉小姐旁邊，她叫我們保持冷靜。

「妳這話是什麼意思？」我低語問道。

「完了以後來跟我談談，」她悄聲說，「可是別讓旁人看見。」

我看她是發瘋了。一如往常，教堂裡座無虛席。我每回和人四目交接，對方就會笑一笑或點個頭。我覺得好快樂，我只想待在這裡，別處都不想去。聖詩曲罷，我往蜜蘭妮那邊又靠近了一點，挨著她坐好，設法把心思集中在主的身上。「不過，」我心想，「蜜蘭妮是主的恩賜，我要是不珍視她，就太忘恩負義了。」我還在深思這一類的事情時突然察覺情況不大對勁。教堂裡變得鴉雀無聲，牧師站在較矮的講壇上，我母親站在他旁邊哀哀哭泣。我的指關節一陣刺痛，是蜜蘭妮的戒指。朱貝莉小姐催我站起來，「要冷靜，冷靜。」我和蜜蘭妮一同往前走，我瞥了她一眼，她臉色蒼白。

「這兩個上帝的孩子，」牧師開口說，「已經被撒旦迷住了。」

他的手貼著我的頸子，熾熱且沉重，在場的教友看來像蠟像。

「這兩個上帝的孩子，已沉淪在她們的欲望中。」

「等等……」我開口說，可是他沒聽到。

「這兩個孩子被魔鬼占有了。」

教堂內傳出一片驚恐的呼聲。

「我沒有，」我喊道，「她也沒有。」

「聽哪，撒旦的聲音。」牧師指著我，對全場的教友說，「最好的竟變成最壞的一個。」

「你在講什麼？」我絕望地說。

「妳否不否認妳用一種夫妻之愛在愛這個女的？」

「我不否認——我否認——我的意思是，我當然喜愛她。」

「我替妳們念一念聖徒保羅講的話。」牧師宣布，然後念了起來，此外還大講特講違反自然的熱情和魔鬼的記號。

「清者自清，」我對他嚷道，「汙濁的是你，不是我們。」

他轉向蜜蘭妮。

「妳是否允諾棄絕這項罪惡，懇求主的赦免？」

「我允諾。」她不由自主全身發抖，我幾乎聽不清楚她在講什麼。

「那麼跟白太太去聖物間，長老們會去那裡為妳禱告。只要真正悔改，就不嫌晚。」

他轉向我。

「我愛她。」

「那麼妳不愛上主。」

「我愛上主，我兩個都愛。」

「這是不行的。」

「我真的兩個都愛，讓我走吧。」可是他緊緊地捉住我的臂膀。

「教會不會眼睜睜地看妳受苦，回家去，等著我們去幫助妳。」

我拔腿就跑，來到馬路上，心亂如麻又痛苦。朱貝莉小姐已在等著我。

「來，」她急匆匆地說，「我們去喝杯咖啡，商量一下妳接下來該怎麼做。」我跟著她，滿腦子卻只有蜜蘭妮，一心想著她有多麼可人。

到了朱貝莉小姐家以後，她「碰」一聲把水壺放在瓦斯爐上，又推著我到壁爐邊坐好。我兩排牙齒直打顫，說不出話來。

「我認識妳很多年了，妳老是這麼倔強，為什麼不小心一點呢？」

我愣愣地瞪著爐火瞧。

「要不是妳設法向妳那個母親解釋，沒有人需要發現這件事。」

「她不是壞人。」我想也沒想，喃喃地說。

「她瘋了。」朱貝莉小姐斷然表示。

「我什麼也沒告訴她。」

「雖然她從來不肯承認，可她根本就是世俗平凡的女人，她曉得感覺是怎麼一回事，尤其是女人的感覺。」

我並不想深思這個問題。

「是誰告訴妳這是怎麼回事？」我冷不防地開口。

「是艾西。」

「艾西嗎？」竟會是她。

「她盡全力想保護妳，上一回她生病時把事情都告訴我了。」

「為什麼？」

「因為我也有同樣的困擾。」

就在那一剎那，我以為魔鬼就要來把我抓走，我感到頭暈目眩。

她到底在講什麼啊？我和蜜蘭妮之間的關係是很特別的。

「喝下去，」她遞給我一個玻璃杯，「是白蘭地。」

「我想我得躺一躺。」我虛弱地說。

我不知道我睡了多久，窗簾闔攏著，我覺得肩頭好沉重，一時記不起來為什麼我的頭好痛，後來心慌反胃的感覺越來越強烈，我慢慢想起上午的點點滴滴。

朱貝莉小姐進房來。

「覺得好一點了嗎？」

「沒好多少，」我唉聲嘆氣。

「這樣也許有點用，」她按摩起我的腦袋和肩膀，我轉過身，以便讓她按我的背。她的手逐漸往下移動，越移越低，她彎腰駝背靠向我，我感覺得到她呼吸的氣息噴在頸子上。我突如其來翻身吻了她，我們親熱了起來，我感覺好糟好糟，但就是停不下來。

到了早上我才偷偷摸摸地回家。我希望沒人注意到我，打算直接從家裡上學去，我想母親應該還在睡覺：我錯了。客廳傳來濃濃的咖啡香和講話聲。我躡手躡腳經過門邊，發覺客廳裡頭正在舉行禱告會。我收拾好東西，整理妥當，準備離開，卻被他們逮個正著。

「是佳奈。」一位長老硬拖著我進客廳，一邊喊道，「我們的禱告應驗了。」

「妳昨晚住在哪裡？」母親厲聲問道。

「記不得了。」

「依我看，準是在那個朱貝莉小姐家。」

「喔，她不聖潔欸。」白太太脫口而出。

「不是，」我對在場所有人說，「不是那裡。」

「在哪裡並不重要，」牧師主張，「她這會兒在這裡，還算來得及。」

「我得上學去了。」

「不必，不必，」牧師含笑說，「坐下來吧。」

母親心不在焉地遞給我一碟餅乾，時刻是早上八點半。

當天晚上十點，長老才各自回家，他們一整天都在為我祈禱，把手疊放在我的手上，勸我在主的面前悔改我的罪。「放開她，放開她，」牧師不斷說，「不過是魔鬼而已。」

母親泡了茶，但是忘了洗髒杯子，客廳裡到處是茶杯。白太太不小心坐到一只杯子，割傷了自己，還有人潑翻了茶，但是他們都沒有停下來。我依然無法思考，眼前全是蜜蘭妮的臉蛋和倩影，偶爾還模模糊糊出現朱貝莉小姐彎腰俯身的樣子。

十點鐘，牧師大大嘆了口氣，給我最後一次機會。

「我沒有辦法，」我說，「我就是沒有辦法。」

「我們後天再回來，」他私下對我母親交代，「在這同時，別讓她離開客廳，別給她東西吃，先得減少她的力量，才能讓她重拾力量。」

母親直點頭，然後把我鎖在客廳裡。她是給了一床毯子沒錯，卻把燈泡拿走了。接下來三十六小時，我想到魔鬼，也想到其他事情。

我知道人一有弱點出現，魔鬼便會長驅直入。要是我的體內駐有惡魔，那麼我的弱點便是蜜蘭妮，可是她是那麼美，那麼好，而且愛著我。

愛難道真的屬於魔鬼？

是哪種魔鬼呢？是在耳邊喋喋不休的褐色魔鬼？是大跳角笛舞的紅色魔鬼？是渾身溼淋淋、會害人噁心嘔吐的魔鬼？是愛騙人的橙色魔鬼？就像凡是貓必有跳蚤，凡是人都有魔鬼。

「他們搞錯了重點，」我心想，「他們要是想逮住我的魔鬼，就得先逮住我。」

我想起威廉．布雷克。

「我要是讓他們帶走我的魔鬼，就必須放棄我已經找到的東西。」

「萬萬不可。」緊鄰有個聲音說。

倚靠在茶几邊上的，正是橙色魔鬼。

我發瘋了。我心想。

「說不定哦，」魔鬼就事論事，「那就好好把握情況吧。」

我跌坐在沙發上，「這話什麼意思？」

「我想幫妳拿主意，決定自己究竟要什麼。」那傢伙說著說著，縱身一躍到壁爐架，坐在史普雷牧師的黃銅鱷魚身上。

「妳觀察得對，人人都有魔鬼，」那玩意兒開口道，「可是有些人並不明白這一點，並不是每個人都知道該如何把握機會。」

「魔鬼是邪惡的，不是嗎？」我忐忑不安地問。

「不盡然，他們只是與眾不同、難以對付。妳知道光環是什麼吧？」

我點點頭。

「唔，一個人會得到什麼魔鬼，全看這人頭頂的光環是什麼顏色而定。妳的是橙色的，所以我就來啦。妳母親的是褐色，所以她人很古怪，至於白太太，她的那個根本算不上是魔鬼。我們來這裡，是為了讓你們整個人保持身心完整。你們要是忽視我們，就大有可能斷裂成兩半，或粉身碎骨，整件事情弔詭就弔詭在這裡。」

「可是在聖經裡，你們老是被驅除。」

「書上講的事不能全信。」

我又開始覺得身體不舒服，因此脫下襪子，把腳趾塞進嘴裡含著，藉以得點安慰，腳趾嘗起來像消化餅乾。我走到窗邊，擠壓幾個天竺葵花苞，就為了聽聽花苞被擠破的聲音。我返身又坐下時，魔鬼周身發出亮光，正用牠的手帕在擦拭鱷魚。

「你是男是女？」

「這不重要，對吧？話說回來，有問題的是妳。」

「要是我把你留下來，以後會怎麼樣？」

「妳的日子會變得不一樣，而且不怎麼好受。」

「值不值得呢？」

「那得看妳自己嘍。」

「我留不留得住蜜蘭妮？」

可是魔鬼消失了。

牧師和長老又上門來時，我表現得平靜且快活，什麼都可以接受。

「我會悔改。」他們一走進客廳，我劈頭就說。牧師似乎很驚訝。

「妳確定嗎？」

「確定。」我想速戰速決，況且我已經兩天沒進食了。每位長老跪下來禱告，我也在他們旁邊跪下。有位長老開始高聲吶喊，就在這時，我覺得後頸刺痛。

「走開，」我悄聲說，「他們會看到你。」我睜開一眼查看。

「他們才看不到，」魔鬼回答，「他們嗓門大，可是什麼也看不見。」

「我不會驅除你，因為我看不出來有其他更好的辦法。」

「那好，」魔鬼高興得聲音都發顫了，「我只是順路經過而已。」

這時，全體長老唱起〈耶穌是我摯友〉，我想我也該一起唱才對。果真沒等多久，一切就完事了，母親把一大塊肉放進烤爐裡。

「我希望妳禮拜天能作見證，」牧師說著，一把抱住了我。

「好的，」我說，我快被壓扁了，「那蜜蘭妮要做什麼？」

「她要出門一陣子，」白太太插嘴道，「去休養。幾個禮拜後就能看到她容光煥發啦。」

「她去了哪裡？」我想知道。

「放心，」牧師安慰說，「在主的懷抱中，她很安全。」

等他們統統走了，我馬上到朱貝莉小姐家。

「妳知不知道她的下落？」

她敞開大門，「一會兒再告訴妳。」

蜜蘭妮到哈利法克斯的親戚家去了。我對母親說我得在教會過夜，她似乎了解，所以我就叫朱貝莉小姐開車，送我到我需要去的地方，路程二十四哩。

「妳早上七點會來接我？」

她點點頭，咬咬嘴脣。

「妳曉得我非得見到她不可。妳得保障我的安全。」

暮色四合時，我按了門鈴。

「蜜蘭妮在嗎？」我問那女人，「我是她同學。」

「好的，請進。」

「謝謝，不用了，麻煩請她出來，我只是要捎個信給她。」蜜蘭妮來到門口，一看到我就想把門關上。

「我得和妳談談，」我懇求，「半小時後到樓上去，我現在先上去等妳。」她點點頭，讓我溜進屋內，我聽到她大聲說再見，把門關上。好像沒有人起疑。

危機已過，我又一次睡著了。

我面前有座巍峨宏偉的石砌競技場，頹圮殘破，不過依舊可見原有的圓形。遠遠的盡頭，一輛輛卡車載著大批男男女女來到草地上。他們大多肢體不全，人人胸前皆掛著數字，我聽到守衛說「這是你們的新地址。」犯人不聲不響，不加抵抗，乖乖地朝著一座巨大的石塔前進。塔裡有一小塊一小塊的角落，標示著和犯人胸前牌號相對應的數字。塔的正中央有座迴旋鐵梯，一路往上，我和許多人開始爬樓梯，可是每經過一個角落，住在裡頭的人便拚命把我們推開。樓梯在一扇玻璃門前終止，那時只剩下我一個人。玻璃門上標了幾個大字：**書店，營業中**，我走進去，櫃檯後面有個女人，店裡有幾個買主和隨意瀏覽的顧客，還有一批正在翻譯《貝奧武夫》㉓的年輕女孩。

「妳好，」店員招呼說，「請先隨意瀏覽，等到該換手時，代替其中一位姑娘的位置。」

「這裡是什麼地方？」

「凡是沒有辦法做最後決定的人，都會來到這個地方，這裡叫做**錯失機會之城**，這的房間是**最終失意之室**。事情是這樣的，你可以越爬越高，但是如果你已犯下根本錯誤，最後就會到達此處，來到這個房間。你可以改變你的角色，卻永遠無法改變你所面對的情況。所以，一切都已來不及，再見了，我快要變成買主了。」

「佳奈，」蜜蘭妮說，「妳好像發燒了。」

她坐在我身旁，正喝著茶。她神色疲憊，臉皺巴巴，好像一只裝著老舊空氣的汽球。我摸摸她的臉頰，她有點瑟縮地撇開臉。

「他們對妳做了些什麼？」我問。

「沒什麼，我悔改認罪，他們說我最好離開一個禮拜。我們不應該見面，因為那是不對的。」她開始拉扯被子，我再也無法忍受。我想我們都哭著哭著就睡著了，可是到了半夜，我靠過去吻她，吻了又吻，直到我倆渾身是汗、滿面淚痕，身體糾纏在一處，臉也腫了。我聽到朱貝莉小姐的汽車喇叭聲時，她仍在沉睡。

接下來，我得了感染性單核球增多症。

「是因為她體液的緣故。」母親斷言。

當然啦，信主的人相信上帝正在清洗我體內所有的魔鬼，等我痊癒了，他們無疑會歡迎我重回主懷。

「上主會赦免妳，既往不咎。」牧師告訴我。

主大概會，我母親可不會。我躺在客廳裡打哆嗦時，她拿著密齒梳到我的臥房，找到所有的信件、所有的卡片和我匆匆記下的所有筆記，晚上在後院生了火，把它們統統付之一炬。背叛有很多種，但是你一旦被出賣就是被出賣了。那晚在後院，她燒掉的不只是那些信紙，我想她並不知道這一點。在她的腦袋裡，她仍是皇后，可是再也不是我的皇后，再也不是白皇后。牆給人保護，也局限了人，牆終會倒塌，這是天經地義的

㉓ *Beowulf* 是古英國文學史詩，敘述貝奧武夫的英雄事蹟。

事。自吹自擂的後果，就是牆的傾塌。

禁城已被掠奪一空，眼下僅存斷垣殘壁，無頂塔都不見了。黑暗王子與亞眠人相隔僅一箭之遙，如今，單是一顆小石子便可打倒一位戰士。老頭坐在板凳上流著口水，蜷縮成一團，隨便哪個人都能告訴你他的心上人住的那幢房子原本在何處，花園裡種了什麼，而他每天又是沿著哪一條路去到她的門前。

她心腸硬如鐵石。

誰來擲第一塊石頭呢？

在東邊的世界盡頭，你會發現一頭石獅子，西邊則是一頭石獅鷲。在北邊的天涯，有座石塔擋住去路，南邊的海角，沙灘的砂石粗糲刺腳。別害怕，這些全是古老的事物，請尊重，它們飽經滄桑又睿智，卻非永續不滅。承載著靈魂的軀體，才是唯一的真神。

石頭讓骨頭改變信仰，本是常情。

遲早都得選擇：是你或是牆。

胖胖蛋，坐牆頭。
胖胖蛋，栽跟頭。
錯失機會之城中，擠滿了那些選擇牆的人。
國王的馬，國王的人。
統統救不了胖胖蛋。

那麼有沒有必要漫遊全國、毫無防衛？
有必要區分清楚粉筆畫的圈和石牆。
有沒有必要活著，但沒有家？
有必要區分清楚物理學和形上學。
然而有許多原則是相同的。
它們是相同的，但是在內地的城市，一切事物都改變了。
軀體得到石牆，靈魂得到粉筆畫的圈。

「拿去。」母親說，重重戳了我一下，「吃點水果，妳又在夢囈了。」是一盆柳橙。

我拿了最大的一顆，使勁想剝皮，卻怎麼也剝不開，不一會兒，我喘噓噓地躺在那裡，又氣又惱。為什麼不給我葡萄或香蕉呢？我終於剝掉外皮，合掌捧著果肉，雙手一分，把它掰開來。

「好一點了嗎？」橙色魔鬼端坐中央。

「我快死了。」

「才怪，老實講，除了還有些沒什麼大礙的幻覺外，妳正逐漸康復。記住，妳已經做出選擇，不能回頭了。」

「你胡說什麼呀？我才沒有做選擇。」我拚命想坐起來。

「抓牢啊。」魔鬼喊了一聲，旋即消失無蹤。我手裡有一小塊粗糙的褐色石頭。

到了那年夏天，我恢復昔日模樣。蜜蘭妮搬走了，接下來還要去上大學。我忙著準備我的講道，我們已做了各項籌備工作，將在黑池搭棚舉行布道大會。沒人提起那事件，似乎沒人注意到朱貝莉小姐帶著她的雙簧管走了。母親平日不是在哼唱〈五穀收回來〉，就是在收集豐收節的罐頭。有鑒於大浩劫，她對易腐壞的食品很不以為然，極力鼓吹教會眾姊妹多多捐輸，好充實藏在聖物間後方的超大備戰儲藏櫃。「到時候，他們都會感謝我。」她總是這麼說。

一個風和日麗的禮拜六，我們蜂擁上了巴士，前往黑池。

「要是艾西也能帶著手風琴一起來就好了，」羅太太嘆了一口氣。

「留下來對她比較好。」母親很不客氣地回敬一句。

換做以往，凡此種種的談話在我聽來不過是馬耳東風，如今我卻無法輕鬆看待。我常想質問她，想追問她對這世界到底有什麼看法。我以前總想像，我們倆看到的是一模一樣的東西，可是卻始終置身在不同的星球上。我坐到車後，幫梅整理她的彩券。我的走開顯然讓母親覺得受到冷落，她索性埋首閱讀《希望聯合會刊》。

「真是個怪胎。」梅酸了一句。

這會兒，我頗有同感。

當晚第一場聚會大大成功。我擔任講道，一如往常，很多人找到了主。

「她的天份還在，一絲都沒少，對吧？」梅笑嘻嘻地對我母親說。

「那是因為我及時拉了她一把。」母親只能這麼說，然後就回招待所去了。她和另外幾個人走了以後，我們其他人決定來歡喜主。我們拿出鈴鼓和合唱樂譜，讚美主直到夜深。十一點左右，帳棚口的簾幕波動起來，我們聽到外頭的空地傳來騷動的聲音。

「聖靈來了。」梅喊道。

「我覺得聽起來不怎麼聖潔。」白太太宣稱。

「怎麼辦？」有位剛改信主的姊妹對我低語，我攬住她的肩頭，她的身體很柔軟。

「我去查看一下。」我安慰大家。

「如果是主，千萬別看。」梅勸道。我掀開簾幕，走出去。

來者並非主，而是五個氣沖沖的男人，他們從附近的客棧過來興師問罪。這些人提著燈，還向我揮一揮手上的紙。

「妳是負責人嗎？」

「可以這麼說，我在帶領禱告會，請進。」他們隨我進帳棚。

「我們才不管什麼禱告會不禱告會……」其中一人開口說。

「主會打擊你。」剛剛才醒來的羅太太說。

「我們關心的是，」他凶巴巴地瞪著我們，繼續講，「規規矩矩的老百姓晚上應當可以舒舒服服地睡個好覺。我們是來這裡度假的，可不願意聽一些阿門教徒吵吵鬧鬧、尖叫不休，死人都被你們吵醒了。」

「世界末日到來時死人會走路，你們會與山羊為伍。」梅罵道。

「給我聽好，」另一個男人走向前，用手上的紙點了點她，「客棧的住宿須知說了，過了十一點便不得喧鬧，妳們這會兒就在客棧的場地上。」

「來和我們一起唱。」我提議。

「聽好，我們他媽的一年到頭沒得閒，在魏克菲的不列顛繩索公司幹活，來到這裡盼的無非就是一點清靜，所以別再哇啦哇啦，不然就滾蛋。」

一片靜寂，然後……

「走吧，兄弟們，咱們他媽的上床去吧。」

「好吧。」白太太有氣無力地說。

「多說無益，」我說，「我們明天重新再來也可以，來收拾收拾東西吧。」諸位教友遂將喜樂之聲暫放一旁，留下我和剛剛才改信主的愷娣熄燈。

我回到和母親同住的招待所時，她半臥半坐地倚在枕頭上，看著史普雷牧師送她的新書。這一本的書名叫做《白人畏懼踏足之地》。

「妳知道嗎，」她說，「他們把印地安人吃的東西餵給白老鼠吃，結果白老鼠都死了。」

「所以呢？」

「所以看得出來，上主的確眷顧基督教國家。」

「我倒覺得，牠們就算有馬鈴薯燉肉可吃也不見得就會活得好。」

「少惹人厭，要感謝主的慈恩，我現在要睡了。」她關掉床頭燈，打起鼾來。

至於我，還有別的心事要想。

第二天，大夥講好在塔下見面，分發當晚聚會的傳單。梅揹著廣告看板，上書「汝當及時追尋主」（SEEK YE THE LORD WHILE HE MAY BE FOUND）。「我的名字也在句子裡頭喲，」她得意地對每一個人講，「所以我知道就該由我來背這兩面板子[24]。」我們分發傳單的工作進行得頗順利，有三個人當場就在街頭信了主，還有好幾個人答應晚上會回來。「下午休息。」牧師對大夥說。

「我們去動物園怎麼樣？」梅興致勃勃地提議，「我想看看小猴子。」

「她要和我一起去塔裡，」母親悶聲說，「那裡有電影大明星的展覽。」

「我要去海濱漫步大道上散散步。」我對她們兩人說，隨即走開。

愷娣坐在折疊躺椅上看著太陽。

愷娣吃著冰淇淋，很開心的樣子。

「嗨，」我在她旁邊坐下，「妳下榻在附近哪裡嗎？」

「沒有，我是坐電車來的，我想今晚與其遲到，不如早點來。」

「不過，妳家離我們教會應該不會很遠吧？」

「不遠，我們住在奧斯華威索，坐巴士就可以到。」

---

[24] 梅的名字原文為May。

「那好，那我們到時再見。」

她盯著我看了一會兒，我想我最好走開，去檢查一下福音帳棚……

那一週成績斐然，有不少找到主的人住得離我們教會的主教堂不遠，那些住在遠處的人則拿到介紹函，可以就近到各地的聚會所。宣教最後一天，我們在海邊舉行露天感恩大會，要不是羅太太自顧自走到一旁去和聖靈交流，這次活動原可藉此劃下完美的句點。羅太太年紀大，耳朵又背，加上太過全神貫注，根本沒看到大海慢慢在漲潮。

「大家都到齊了吧？」我們魚貫上車，牧師清點人數，「有沒有人拿好旗幟了？」

「我拿了。」梅喊道，她坐在車輪上方凸起的座位。

「那就都到齊了哦？」我們雇來的司機福瑞問。

「羅太太除外。」愛麗絲指指空位。

大夥兒面面相覷。萬幸的是，正當羅太太逐漸下沉，我們及時瞥見海上有隻手臂在揮來揮去。

「她是不是在揮手？」梅不安地問。

「比較像是快淹死。」福瑞喊道，一把脫掉外套，扯下領帶，「別急，我年輕的時候什麼獎章都拿過。」他說著說著，衝進海裡。牧師立刻帶領大家禱告，白太太領頭唱起

〈主是我們的錨〉，還沒唱到第三段，福瑞便揹著羅太太回來了。

「福瑞，她的襯裙露出來了。」我母親埋怨，盡量把襯裙塞回去。

「別管她的襯裙了，瞧我的藍色麂皮鞋成了什麼德性！」

鞋子全毀了。

「她還與我們同在嗎？」牧師不耐煩地打斷他們。

「喔，我還在，我還在，」羅太太從福瑞背上某處唉聲嘆氣地說，「我還以為我這一回可以上天國了。」

「可是妳作勢求救啊。」

「才沒有，我是在揮手道別。」

「我就說她在揮手嘛。」

「誰給她一條毛巾？」牧師要大家讓開，「讓這個可憐人開車送我們回家。」

福瑞走回駕駛座，鞋底啪踏作響，嘴裡念念有詞，說什麼我們得賠償他啦，他吃飽了沒事幹為什麼要管這檔子閒事啦，一陣倦意突然朝大夥兒湧來，我們上路了。

豐收節來了又過去，母親替備戰儲藏櫃募集罐頭的成績不但破天荒地好，還有多餘的可以分送給窮苦人家，然而並不是人人都滿意。

「我要拿四罐黑櫻桃和這些鹽水泡芋薺幹麼來著？」盲眼奈莉喃喃埋怨，我父親替她拎著她的袋子，「想當年我們可以分到麵包、水果，還有些挺好的蔬菜。現在呢，時興標新立異，就是這麼回事。」

✦

我母親聽到這話簡直火冒三丈，一氣之下就把奈莉的名字從她的禱告名單中劃掉。我爸爸則把她的名字加進他的名單，這麼一來，就不會獨漏了她。後來，颳風的日子多了起來，夜晚也越來越長，我們的注意力逐漸轉向基督的誕生，開始致力策劃該如何解說聖誕的信息。我們按照慣例將參加鎮公所的活動，在那兒布置聖誕馬槽，並且聚集在異教風俗的松樹下獻唱聖誕頌歌。這表示，我們將定期和救世軍聯合練唱，由於我們的鈴鼓手老是掉拍，排演的過程總是不大順利，救世軍大將在納悶我們今年是不是只要負責唱歌就好。

「詩篇中說了，要歡呼頌讚上帝。」梅提醒他。

大將大著膽子建議，不要太拘泥於詩篇的字面意義，卻引起眾人群起而攻之。首先，這種講法有如異端邪說。其次，相當粗暴無禮。再者，這意味著教友之間出現紛爭。我們當中有些人能夠理解此說，有些則備感憤怒。我們爭論不休，直到有人端來茶和餅乾才住嘴。接著，大將自己做出決定，想演奏鈴鼓的人要是回到自己的教會，大可以盡情演奏，但是在他主導練唱時不行，表演聖誕頌歌時也不行。

「那我要退出。」梅說。

我們面面相覷。

「我們全體都退出，」我告訴大將，「謝謝你招待的茶。」

我們在貴格會堂的走廊上發現梅在那兒哭泣。

「好姊妹，別哭。」有人攬住梅的肩頭。

「這沒什麼。」

「我們都已經付出了這麼多努力。」梅哽咽著說。

「不過就是救世軍而已，不加入也無所謂。」

「大夥到我家去，」白太太提議，「一起來擬定計畫吧。」

那晚在白太太家，我們都確知上主正在指引我們，姊妹團契唱詩班和兄弟唱詩班將攜手合作，我們不但將在鎮公所占有一席之地，甚至要到大街小巷演唱。我們有梅一手訓練的四位鈴鼓手，有我負責彈吉他和曼陀林，要是天氣不太冷，說不定還可請我母親演奏小風琴。

「我們才不需要他們的喇叭。」

接下來的問題是，由誰來寫耶穌誕生劇的腳本？大夥兒一致推舉我母親是不二人選，因為她教育程度比較高。

「像她這麼有數字觀念的人，真是難得一見。」梅帶著敬意說。

母親漲紅了臉，推辭了半天，後來還是同意了。她買了打字紙和新辭典，又交代我爸和我好自為之，她得專心事奉主。接下來那一天，她在乳酪三明治和伯利恆冬景圖畫的環繞下，在客廳裡振筆疾書，不時嘆息。下午四點，她把一只厚厚的紙袋塞進我手裡，吩咐我用航空郵寄。

「今天再不寄給史普雷牧師就來不及了。」她一說完就走開。

我當時正忙著輔導查經班的教義課，無暇分心注意母親。愷娣自從夏天改信主以來，就開始來我們的教會作禮拜，給我們增添不少活力。她對我的幫助尤其大，常常替我謄打要刊登在教區通訊上的講道辭。我有好久沒看到橙色魔鬼了，因此覺得生活肯定已重返正軌。

很快到了上演耶穌誕生劇的那個禮拜天，孩子們已排演了好幾個禮拜，我父親搭好了布景，我母親戴了頂新帽子，我手握提詞板，坐在愷娣旁邊。教堂裡坐滿了前來觀看子女表演的異教徒，就連除蟲店的艾太太都來了。《小驢子》表演過程頗順利，第一幕〈旅店客滿了〉正在上演時，教堂的側門開了，有個人躡手躡腳，悄悄溜進門。我在幽暗中瞇著眼睛，那身影看來熟悉。

「啊，約瑟，我們得睡在馬廄裡。」

那身影的坐姿有點特別⋯⋯

「別擔心，馬利亞，別人也是同樣不好受。（受這個字的發音咬得特別重。）」

牧羊人持火炬疾行時，那人的髮型輪廓越來越清晰。

那晚，我聽到的最後一句話是，「別怕，我替你們帶來好消息。」坐在教堂最後面的，就是蜜蘭妮。

禮拜一結束，我沒留下來和母親分享她的得意和喜悅，逕自回家。我害怕得渾身直打哆嗦。就我而言，蜜蘭妮已經死了。沒有人提起過她，由於她母親從來不上教會，因此也沒有人需要去記得她。九點鐘，有人敲門，我曉得是誰，但我去應門時，仍不住在祈求是報佳音的人來了，出於信念，我手中還備好幾個硬幣。

「妳好，」她說，「我可以進去嗎？」

我欠身讓她進門，她胖了一點，神色安詳。接下來半個小時，她侃侃而談她的學業、她的朋友和她的度假計畫。問我想不想改天和她一起去哪兒走走呢？

不想。

她說她母親打算在不久之後搬家，搬得遠遠的，到南部去。這回蜜蘭妮將是最後一次回到發電廠後面的家，我應該過去一趟，和她母親道別。

不行。

最後，她戴上手套和貝雷帽，臨別時很輕很輕地親了我一下，我什麼也感覺不到。可是等她走了，我屈膝坐著，把下巴擱在膝頭，懇求主釋放我。

幸好，那段時間我忙得不可開交。次日，要是救世軍不反對，我們全體都要到鎮公所獻唱聖誕頌歌。我們開頭表現得很優秀，梅替她的鈴鼓添置了新彩帶，我們向基督教釣者協會借來大型的綠色釣魚用傘，讓我母親在傘下彈小風琴。

「唱〈冬青與常春藤〉好不好？」

「異教風味太濃。」

「那〈東方三智者〉怎麼樣？」

「那就由妳帶頭唱了。」

於是我們唱將起來，那天我們吸引了大批群眾。有些人是來看我們笑話，但是大多數人都在錫罐裡投了捐款，聽到會唱的歌還跟著合唱。我看見蜜蘭妮手持槲寄生枝葉站在街頭，她隔著人群揮揮手，我卻假裝沒看到。然後救世軍來到現場，搭起他們的攤位。他們帶來了鼓。群眾觀望等待，大夥都心知肚明，再過十分鐘，鐵定會有兩組人馬競飆聖誕頌歌啦。母親卯足了勁踩踏板、彈琴鍵，梅用力敲鈴鼓，力道之大，鼓皮都裂開了。魚市場一側原有不少人站在手風琴旁邊，這會兒都跑開去看熱鬧，接著有人拍了一張照片。

「都是那可惡的鼓，」梅上氣不接下氣地說，「我們贏不了的。」我們這一方的人馬交頭接耳、咕咕噥噥討論起來，接著大夥一致同意到崔凱咖啡店暖暖身子。我們魚貫走進店中，看到柯太太獨據一桌，桌上擱著一只茶壺。

「我坐下來，可以嗎？」梅氣喘吁吁地說，擠進一把椅子裡。

「我反正要走了，」柯太太宣布，一邊收拾起她那幾只馬莎百貨提袋，「來，托托，走囉。」她和她的北京狗快步離去。

「神氣個什麼勁，」梅罵道，「欸，貝蒂呀，趕快給我們好立克，再拿些點膠帶來修補這可惡的玩意兒。」她揚了揚斷裂的鈴鼓。

「今天下午本來挺清靜的，」貝蒂沒好氣地說，我們一個個就座，把整個小店坐滿了，「全部人都得喝茶才行，而且我可不供餐。」

母親帶著傘和小風琴抵達時，我心想我最好馬上離開。走向公車站牌的路上，有隻手拍了我的肩頭一下，是蜜蘭妮，她依舊掛著恬靜的笑容，正準備和我搭同班公車。

「要不要吃顆柳橙？」她問。我們並肩就座，兩人都默不吭聲，她剝起橙皮，我抓住她的手臂。

「別這樣，別剝——我的意思是，我馬上要喝午茶了，別浪費了柳橙。」

她臉上又浮現微笑，開始東拉西扯，說個沒完，一路說到我得下車，她的那一站則還需要好幾哩的路程。我猛然起身，跳下車，拚足了勁，跑得飛快，蜜蘭妮坐在雙層公車的上層，帶著親切可人的笑容凝望一切

儘管我突然感到緊張不安，而且擔心自己又快要生病了，但是當晚我仍得帶領查經班。愷娣也在那裡，她看到我滿面愁容，伸出援手。「這個週末到我家來住，」她建議，

「我們得睡在拖車裡，不過裡面並不冷。」我很久沒有在外留宿了，去她家玩，說不定能為我帶來好處。

幼發拉底河畔有座祕密花園，庭院深深，高牆聳立。花園雖有入口，然有人守衛，閒雜人等無路可進。園裡各式花草樹木一樣不缺，它們一圈又一圈呈圓形生長，形如箭靶，靠近靶心處有座日晷，靶心正中央則有棵柳橙樹，運動健兒被這果子絆倒，但是別種果子治癒了他們的傷口。所有真正的追尋，皆在這個花園終止，鮮血自裂開的果實中源源流出，切成兩半的果實則可讓旅人和朝聖客止渴充飢。吃下這果實，意味著要離開花園，因為這果實述說的是別種事物、別種渴望。因此，在薄暮時分，你告別這心愛的地方，茫然不知他日能否歸來，只曉得你將永遠無法循著同樣的路回到這裡。說不定有那麼一天，你偶然打開一扇門，發覺自己又來到牆的另一邊。

「我會把瓦斯暖爐帶去，」愷娣說，「這樣我們就不會覺得冷。」

我們不覺得冷，那一晚不冷，接下來多年我們共度的其他夜晚也不覺得冷。她給了我最單純且不複雜的戀情，我因此愛她。她似乎無憂無慮，雖然她至今死不承認，但我認為她事先便已安排好拖車那一夜。

「妳真的肯定要這樣嗎？」我呢喃道，但並不打算停止。

「喔，真的。」她喊道，「真的。」

我們很快地便不再談這件事，因為對話變得越來越令人難為情。她洋溢著至福。雖然她老是坐在教堂的第一排，我在講道時，卻總是刻意不去看她。我們倆之間的確有純粹靈性層面的交流，我教了她很多，而她也全心全意為教會服事，有沒有我都一樣。那段時光真是快樂，在純淨的人眼中，一切都是純淨的……

時光荏苒，距離復活節的蜜蘭妮事件和那回我生病，已經過了一年，復活節又來臨，英格蘭國教的遊行行列揹著十字架，蜿蜒走上小山頂。棕枝主日[25]那天，蜜蘭妮回到鎮上，整個人容光煥發，說要宣布一個重大消息。她將在那一年秋季嫁給一位軍人。講句公道話，他確已棄絕有害的相爭，轉而從事**有益的相爭**，然而在我看來，他卻叫人討厭。我從來沒和男人吵過架，當時也沒有什麼理由需要吵架。我們教會的女性不但堅強，而且行事井然有序。你要是想與我抬槓，擺出一副大權在握的樣子，我所擁有的力量足可令墨索里尼開懷。因此，我對蜜蘭妮要結婚並無反感，只是對她要嫁給**他**提出異議。她神色安詳，安詳到近乎遲鈍。我氣極了，想和她好好談談，可是她的腦袋留在班格爾[26]沒帶回來。她問我最近在做什麼。

「妳指哪一方面？」

她剎時漲紅了臉。我不打算對她或任何人講我和愷娣的事，我雖非天性思慮周密，但也沒有良心不安，有夠多的回憶讓我得以明瞭，說出這件事會導致什麼後果。她第二天就走了，去**他**和他父母家住。他們坐上他那輛醜得要命、活像鐵幕國家製造的摩托車離開時，他拍拍我的臂膀，說他知道，並已原諒我們兩個。我只有一件事能做：就是狠狠地吐口水，而我果真這麼做了。

㉕ 棕枝主日（PalmSunday）為復活節前的禮拜天，耶穌就是在那個禮拜天進到耶路撒冷。

㉖ 班格爾（Bangor），威爾斯城市名，為威爾斯大學一所分校所在地。

士師記

「現在，我就提早給你一個警告，」皇后邊跺腳邊吼，「不是你，就是你的頭，非得落地不可。」

母親要我搬出去，據說，牧師和大多數教友都支持她。我害她生病，害整個家烏煙瘴氣，還把邪魔歪道帶到教會。這一回我無路可逃，麻煩大了。我拿著我的聖經，除了往山上走，這會兒好像沒別的地方可去。小山頂有座石頭墩，風大的時候可以躲在後面，狗兒始終弄不懂這是什麼玩意兒，要麼在上頭撒泡尿，要麼和我玩躲迷藏，牠只會呆呆站在原地，耳朵下垂，兩眼淚汪汪，直到我一把抱起牠藏進我的外套，互相取暖。牠是蘭開夏雌犬，個頭很小，毛色黑棕相間，耳朵尖尖，生性有勇無謀。牠睡在德國牧羊犬的狗籃裡，這八成正是問題癥結所在，牠看來並不明白自己的個頭到底有多小，不管我們遇見什麼狗，牠都要和對方鬥一鬥，見著過路行人便齜牙咧嘴，狺狺吠叫。有一次，我因為想拔一根特大的冰柱，一不小心跌進採石場的坑洞邊緣，爬不回地面。土石鬆動，紛紛掉落，牠胡亂吠個不停，然後跑去求救。現在，我們又面臨險境，只不過性質不同。

整個關鍵似乎繫於一項事實，那就是：我愛錯了人。我愛誰都行，就是不能愛這一類人。和另一個女人談戀愛，是罪惡。

「不男不女的假男人。」我母親曾嫌惡地說。

這麼說吧，如果我是不男不女的假男人，那她就有各種理由感到厭惡。就我所知，男人是我們身邊免不了出現的一些人物，雖不怎麼有趣，但也無害。我對他們始終沒有一絲絲的興趣，除了我從來沒穿過裙子以外，我和他們之間毫無共通點。我突然想起那樁著名的事件：有個男的帶著他的男友一起來我們教會。反正，他們手牽著手。「那個人應該是個女的才對。」母親表示。

這顯然不是真的。當時我對性別政治毫無概念，卻已知道同性戀者和女人之間的差別，遠大於女人和犀牛之間的差別。如今我對於性別政治確實有點概念了，而我早年的這項觀察依然有其道理。儘管語意會略有差異，可是不管在哪裡，男人就是男人。母親老給我製造難題，因為她既開明又保守反動。她才不相信決定論和忽視理論那一套，她認為你可以把別人和自己塑造成你想要的樣子。任誰都可以得救，任誰也都可以淪入魔鬼的掌握，一切都是此人自己的選擇。雖然有些教友基於顯然可疑的理由，認為我是身不由己（他們看過靄理士[27]的著作，對性倒錯略知一二），原諒了我，母親卻認定我故意出賣自己的靈魂給魔鬼。對我來說，一開頭純屬意外，那次意外促使我不得不更用心地省思自己的本能，和他人的態度。經過那次驅魔儀式，我想方設法要用另一個表面上一模一樣的世界，來取代我原有的那方天地，但是我辦不到。我愛上帝，我愛教會，然而我逐漸發覺事情越來越複雜。我不打算到外地宣教這一件事對整個情況更是一點幫助也沒有。

「可是妳已經受了這麼多宣教訓練！」母親邊哭邊講。

「我在家鄉也可以宣教。」

「喔，妳會結婚，被種種家務事纏身。」她沒好氣地說。

說來也怪，這下子我顯然不會結婚了，我還以為她會很高興咧。我母親的心思實在太複雜難解。

亞瑟王旗下最年輕的武士帕西法爾大人終於從甘美洛出發了，國王懇請他不要離去。他知道此行非屬尋常。自從他們在節日那一天看到了聖杯，兩人之間相處的氣氛就起了變化。他們原本親如兄弟，共同嘲笑高文閣下以及他在綠騎士之國的豐功偉蹟，他們英勇無比、一片赤忱、效忠於王……該說是，曾經效忠於王。圓桌和高牆聳立的城堡如今幾已淪為空洞的象徵，它們原為眾人命脈所繫。然而對藍斯洛和波爾斯而言，未來也好，過往也好，背叛都是免不了的事。藍斯洛走了，他被沉重的事物逼瘋了。在蒼穹之下的某個地方，他也在追尋。國王不時收到訊息匯報，信息混亂不清，上文不接下

㉗ Havelock Ellis（1859-1939），英國性學家，著作包括有《性心理學》（PsychologyofSex）等。

文，信紙破破爛爛，送信的人更是衣衫襤褸。廳堂人去樓空，敵人馬上要來。有塊大石頭插了一把寶劍，沒有人拔得出來，因為他們把全副心思都貫注在石頭上。

亞瑟坐在寬大的臺階，圓桌上裝飾著世間各種花草植物，它們繞著圓心生長，形如箭靶。靠近圓心處有個日晷，圓心正中央則放置了一頂荊冠，現已蒙塵，然而一切的事物都將化為塵土。

亞瑟想起了往事。想當年，燈火輝煌，處處有歡顏笑語。

曾經有位女性，他記得她。可是，唉，帕西法爾閣下，回來再翻個觔斗吧。

我和愷娣一同到莫克姆孤寡人士招待所一個星期，時值淡季，所以就算未遭喪親之慟的旅客也一樣歡迎入住，不過換作在冬天，就一定會嚴格執行規定。愷娣的家人在附近度假，住在自家的旅行拖車，因此我倆應該是安全無虞。我很小心，把信件都收藏在禮拜六打工處所的儲物櫃中，就我所知，沒有人對我們起疑。不過，度假第一晚，我們卻過於大意。一想到有一整個禮拜可以獨處，我們樂昏了頭，我忘了鎖門，她拉著我上床，我突然看到床邊地毯上有束窄窄的光線，我的頸部刺痛，嘴巴乾澀——有人站在門邊，我們一動也不動。過了一會兒，光線消失了，我頹然跌坐在愷娣身旁，緊緊捏著她的手，向她保證我們一定會想出對策。

我們果然想出了對策。那是我平生最異想天開的一項計畫，在她看來則是個妙計。我真是沒救了。

早餐時，我母親的老友，也就是她前任的迷失者協會稽核，請我們到辦公室一談。

「跟我講實話，」她說，正眼也沒瞧我們一下，「別想騙我。」

我告訴她我和蜜蘭妮一直藕斷絲連，這幾個月來蜜蘭妮不斷來信，我終於受不了相思之苦，懇求愷娣幫我安排一次約會。

「我能想到的安全處所只有這裡。」我邊哭邊對她說。

她相信我的話，她想要相信。我知道她可不想對愷娣的家人說明真相，我也知道她巴不得我母親天天悶悶不樂。把一切罪過都攬到我身上堪稱一舉多得。她叫我收拾行李，明早以前離開，她想在我抵家之前就把信寄到。重要的是，愷娣是安全的。她和我一樣固執，一樣憤怒，但有一點和我並不一樣：她無法應付我們教會黑暗的那一面。我見過她力圖反抗，見過她涕泗縱橫地力圖反抗。我打定主意，絕不能讓他們把魔鬼附身那一套用在她身上。接下來大半天，我按理應該都在禱告，蜜蘭妮則理當早已離去，然而我卻一整天和愷娣賴在床上。次日一大早，我們在海灘上散步時，她緊挽著我的臂膀問：「妳要怎麼辦？」

沙灘上遍布著退潮後留下的小魚，在那兒一開一闔喘著氣。我把哀哀哭泣的愷娣拋在身後，逕自離去。我不曉得接下來會怎樣，但我明白此生再也不要嘗到同樣的滋味。我雙手插在口袋中，玩弄著一塊粗糙的褐石。

家裡的景象當然令人難以置信，母親把小廚房裡的碗盤砸個粉碎。

「今天沒晚餐，」她丈夫上完夜班回家來時對他說，「家裡一樣吃的也沒有。」於是他去炸魚薯條店在櫃檯邊解決了晚餐。

「哎呀，我真是自己騙自己，」她氣沖沖地數落，「辛苦拉拔妳長大，讓妳接受更多測驗，到頭來是為了什麼啊？」她搖晃我的身子，「是為了什麼啊？」我掙脫她的手。

「讓我靜一靜，別管我。」

「妳馬上就可以靜一靜了。」她走去電話亭，打電話給牧師。

她回來時，命令我上床去，我看我最好乖乖聽命。我的床很窄小，我躺在上面，怎麼也無法原諒自己，怎麼也無法原諒她。每隔一段時間，我就會聽到她在祈求上主降下一個訊息給她。牧師當然來了，對此她高興歸高興，可是我想她寧可見到某種更神奇的事情發生，比方我和我的臥室被熊熊大火吞噬，而房子其他部份卻安然無事，逃過一劫。他們在樓下低聲交談良久，就在我快要睡著時，牧師進房來，母親跟在後方。他隔著一段安全距離站好，活像我得了什麼傳染病似的。我把頭埋在枕頭下面，因為除此以外我不知該如何是好。牧師一把拿開枕頭，盡可能平心靜氣地對我說明，他說我被邪惡的魔鬼加害，受到折磨和壓迫，還說我欺騙了教友。「魔鬼，」他一字一字緩緩宣布，「已帶著七倍的力道回歸。」

母親驚呼一聲，隨即火冒三丈。我會如此變態全是我自己的錯。他倆開始爭論我到底是不幸的受害者還是個惡人。我聽了一會兒，那兩人的話都不怎麼具有說服力，況且有七顆熟透的柳橙剛剛才掉下來，落在窗檯上。

「吃柳橙吧，」我隨口建議。他們瞪著我瞧，好像我發瘋了似的，「就在那裡呀。」我指指窗戶。

「她在胡言亂語。」母親說，神色狐疑。（她討厭瘋子。）

「是她的主子在說話，」牧師沉痛地說，「別理她，我要把這件案例帶到區會上，單我一個人處理不了。多留點心，注意她，照舊讓她上教會。」

母親咬著嘴唇，抽泣著點點頭。他們離開，放我清靜。我躺在那裡，注視著柳橙，好久好久，它們樣子很好看，可是幫不了我的忙。光靠一個圖像，可沒法支撐我度過眼前的磨難。

次日，我還是去了姊妹團契聚會，這是自艾西住院好一陣子來頭一次回到教會。她知道之前發生的事，仍將我緊緊地擁入懷中，叫我別做個傻丫頭。「聚會完了以後到我家喝杯茶，」她打定主意，「不過不要告訴別人。」

聚會的氣氛接近歇斯底里，一大夥人全都不知該如何是好。白太太老敲錯音符，愛麗絲講話到一半，看到我正盯著她瞧，竟忘了自己講到哪裡。總算到了九點，聚會結束，我們全都鬆了一大口氣。沒有人問我為什麼不等到喝茶便提早離開，她們想必以為艾西累了，要不然肯定會千方百計地阻止她。我又來到艾西家，在那裡聽說朱貝莉小姐的下落，這還是頭一回有人對我提起這事。

「她現在住在里茲，」艾西告訴我，「在一所特殊學校教音樂，她不是一個人住。」她看著我，眼神精明，「是我把妳的事情告訴她的。」

我很震驚，我不敢相信艾西會明白這種事，她說她不過是眼力較好罷了。

「要是當時有我在一旁，這些煩人的事情根本就不會發生。我會替妳們解決問題，偏偏我卻不得不在可惡的醫院進進出出……」

我起身，擁抱她，我們和往常一樣挨著壁爐坐下，難得開口交談。我們沒有談**那件事**，不去評論是非對錯，她呵護我，把我最需要的給了我，那就是和朋友共度一段尋常的時光。

「艾西，我得走了。」時鐘滴滴答答地走，我難過地起身。

「需要的時候儘管來找我。」

我已經走遠了，她仍站在門邊，我回過身來再次揮揮手，她才進屋。我拖著步子經過陸橋，經過地毯店，抄小路走到廠底區。艾太太腳步蹣跚地走出公雞和哨子酒館，被我撞個正著，凡是正經的人都不會到這家酒館。她笑吟吟地對我說：「妳好啊，小姑娘。」便踉踉蹌蹌地走了。我走過學校、衛理公會教堂，還有以前曾有人頭在此落地的黑修道院街。我靠在牆上一會兒，石頭暖暖的，透過窗口我看到有一家人圍坐在壁爐邊。他們的茶還擺在桌上，椅子、桌子和數目恰恰好的茶杯。我注視著火光在窗玻璃後面一閃一閃，有一個人起身拉上窗簾。

我在自家門前徘徊了好幾分鐘才進去，我仍然不知道該如何是好，甚至不曉得我有什麼選擇，也不知道矛盾衝突的地方是在哪裡。別人都很清楚，我卻不明究竟，而且好像沒有人會對我說明一下。母親在等著我，時候已經不早，但是我沒把艾西的事告訴她，我想她是不會了解的。

我像行屍走肉一樣過一天算一天。我受到精神上的孤立，別人則忐忑不安，緊張兮兮。到了禮拜天，牧師收到區會的回音，看來，問題的癥結在於我們違逆了聖徒保羅的教誨，讓女性在教會中掌握權力。我們教會的分會從未往這上頭去想，我們一向有強悍有力的姊妹負責籌辦策劃所有事項。我們當中有些人頗擅長講道，而且坦白說，就以我的例子而言，我們的教堂之所以坐無虛席，原因就在這裡。眾人議論紛紛，接著發生一件奇怪的事。我母親站起來，說她認為區會訓示得有理：男女有別，女人在教會自有該負責的事項，教導主日學是其中一項，組織姊妹團契是另一項，而傳布主的消息則是男人的事。直到這一刻以前，我的生命多少還有一點意義，這會兒卻變得毫無意義了。我母親嘮嘮叨叨說著，宣教工作對婦女有多麼重要，而我正是這樣一個女性，我卻摒棄我的使命，想在家庭裡搬弄權術，此舉實屬不當。末了，她說，我用各種方式僭越男性的世界，如今更藐視上帝的旨意，想要在性的領域中取代男性。她可不是臨場才講出這番話，而是早就和牧師商量過了，她對牧師一向言聽計從，因而有了這段說辭。她顯然好幾個月以前就和史普雷牧師談過這件事。我環顧四周，他們都是些善良單純的人，這下子會有什麼事發生在他們身上？我知道母親希望我會自責，我卻沒這麼做。眼下我明白錯在哪裡。如果真有精神姦淫這回事，我母親活脫脫是個娼婦。

事情就是這樣了，我在講壇上的成功是造成我墮落的原因。魔鬼擊中我的弱點：我認不清楚自己的性別局限。

後方傳來一個聲音。「全是些老生常談，妳心知肚明。這下子我們到底要不要幫幫這孩子啊？」是艾西。有人設法拉她坐下，她卻掙扎著不肯就範，跟著她咳嗽了起來，身子往後一倒。

「艾西。」我往後方跑，卻被人拉住。

「她用不著妳幫忙，」別人紛紛聚攏過來，我無助地呆立原地，渾身發抖。

「拿件暖和的外套來，我們送她回家。」他們扶著她匆匆走到門廊。

大夥手忙腳亂時，牧師走到我身邊，說我最好從此不再講道，不再帶領查經班，並放棄他所謂的任何一種「會造成影響的接觸」，以示我又重新順從了主。只要我答應，他會馬上著手安排更強而有力的驅魔儀式，接著我就可以和母親一起到莫克姆招待所度假兩個星期。

我推說累了，承諾道：「我明天早上再告訴你。」

帕西法爾大人在森林裡已待了好幾天，他的甲冑變鈍，馬也累了。有位老婦人給了他一碗牛奶泡麵包，此後他就沒再進食。別的武士也走過同樣的路，他看得見他們遺留的足跡、他們的絕望，甚至看到其中一位的骸骨。他聽說這裡有間教堂，是早已頹圮破敗或只是年代久遠，沒人敢肯定，唯一可以確定的是，它矗立在好奇的眼光窺伺不到的地方，乏人使用，神聖不可侵犯。他說不定能在那裡找到它。前一晚，帕西法爾大人夢見聖杯浴著陽光，逐漸向他靠近。他哭喊著伸出手來，可是他的手中全是荊棘，於是他醒過來。這一晚，渾身上下皆是蟲咬痕跡和瘀傷的他，夢見亞瑟的宮廷，他原是最得國王歡心的朝中寵兒。他夢見他的獵犬和獵鷹、他的馬群，還有他忠實的朋友。他的朋友皆已離世，已經死亡或奄奄一息。他夢見亞瑟雙手抱頭，坐在寬大的石階上。帕西法爾雙膝落地，想抱緊他的主人，但是他的主人卻成為覆滿常春藤的一棵樹。他醒來，淚流滿面。

牧師第二天早上來的時候我已經好了一些。我們三個人一道喝了杯茶，我想我母親還講了個笑話。事情就這麼說定了。

「要不要我替你們預訂招待所呢？」牧師拿出他的行事曆，問道，「她在等你們過去，不過打個招呼比較有禮貌。」

「艾西的情況如何？」這一點很讓我掛心。

牧師蹙起眉頭，說他們都沒料想到昨晚的事情會讓她如此激動不安，她又回醫院檢查了。

「她不會有事吧？」

母親指出，這得仰靠上主的旨意，我們還有別的事情得考慮。牧師面帶微笑，再次問我們打算何時出發。

「我不去。」

他告訴我，經過這場爭鬥，我需要休息一下，我母親也需要休息。

「她可以去，我要離開教會，所以不必叫我什麼休息不休息。」

他們大驚失色、張口結舌，我握緊那個褐色的小石頭，希望他們快點走開，他們卻沒走開。他們跟我講道理，時而客氣，時而咆哮，好說歹說，然後暫停一下，又重新開始。他們甚至表示，只要有人在旁監督，我可以照常帶查經班。末了，牧師搖搖頭，宣布我簡直就是沒法與之講述真理的希伯來人。他最後一次問我：

「妳悔不悔改？」

「不悔改。」我瞪著他，直到他轉開視線。他將我母親帶開，走到客廳，在裡頭待了半個小時。我不知道他們在幹麼，反正也無所謂。我母親強將白玫瑰漆成紅色，如今卻聲稱那本來就是紅玫瑰。

「妳必須離開，」她說，「我家裡可容不下魔鬼。」

我可以到哪兒去呢？不能去艾西家，她病得太重了，教會裡又沒有人願意冒這個風險。我如果上愷娣那兒會替她惹來麻煩，而我的親戚們，就像大多數的親戚，都很討厭。

「我沒有地方可去。」我抗議道，尾隨著她走進廚房。

「魔鬼自己會照顧自己。」她還嘴，把我推出廚房。

我知道我無法應付，乾脆連試也不試了。過一陣子，等安全了，我會宣洩自己的情緒。至於眼下，我必須如白雪覆蓋的大地，裝出堅硬而無害的模樣。冬季結霜的日子，大地一片潔白，一旦太陽升起，霜雪融化……

「我打定主意了，」我虛張聲勢，故作輕鬆地對母親說，「我禮拜四搬出去。」

「搬去哪裡？」她很懷疑。

「我不會告訴妳，我要先看看情況如何再說。」

「妳沒有錢。」

「我晚上和週末都會打工。」

坦白講，我怕得要命，我將搬去和一位老師合住，她對我的遭遇表示關心。我原已每逢禮拜六便開車兜售冰淇淋，現在禮拜天也要工作，設法多掙點錢，盡量多付房租給老師。有點淒涼，不過可不會像留在家裡那般淒涼。我想要狗兒，卻明白她不會把狗給我，所以我把我的書和樂器收進紙箱，最上層擺著我的聖經。只有一件事叫我一想到就擔心，那就是我得到水果攤打工。西班牙臍橙、多汁的雅法橙，飽滿成熟的塞維爾橙。

「不會的，」我安慰自己，「我要先到牛雜攤打工。」

在家的最後一天早上，我仔細地整理好床鋪，把字紙簍清乾淨，和狗兒去散了長長的步。她和她從草地球場那兒來的老相好一同跑開，就在那一刻，我無法想像接下來會有什麼樣的遭遇，但是我並不在乎。今日並不是最後審判日，不過是又一個早晨而已。

路得記

很久很久以前，王國四分五裂，像快鍋一樣分隔成好幾部分鍋，那時的人看待旅行這回事可比現代的人慎重多了。這當然會產生一些顯而易見的問題。比方，路上得帶多少糧食？會遇到什麼樣的怪獸？該多帶一件藍色外套以便在和平時期穿著呢？還是該多帶一件紅色外套，以便在戰亂時期穿著？還有些比較不那麼明顯的問題，好比說，該如何應付隨時在盯你梢的巫師。

想當年，魔法是很重要的，先拿地盤來說吧，其實差不多就像拿根粉筆在自己的周遭畫個圈，好保護自己不受怪力亂神侵擾，只不過範圍大了點。可惜，這一套如今已過時，因為自覺受到威脅時便坐進粉筆畫成的圓圈，可比坐在瓦斯烤爐中舒服多了。別人當然會嘲笑你，但是人會嘲笑的事物可多著，因此不必把這事放在心上。它何以管用呢？那是因為，不論你是想抵禦怪力亂神也好，還是想避開某個情緒惡劣的人也好，人都必須保有個人空間。它是環繞在你周遭的力場，既然我們的想像力疲弱，有樣具體的事物時時提醒我們總是便利。

訓練巫師可不是件容易的事，巫師得經年累月站在粉筆圈裡，直到他們不再需要這個圓圈。他們一點一點地逐漸增長力量，開頭在自己的心裡，接著在身體裡面，再來則擴展到周圍的圓圈裡。你得先主宰你呼吸的空間，才能控制住你身外的天地。你必須先了解你希望改變的事物本質，否則休想改變任何事物。當然，人會竄改和修飾，這些卻都是向下沉淪的力量。邪魔的本質就是去改變你所不了解的事物。

溫奈早注意到有隻怪鳥尾隨她好一陣子。那是隻有對巨翼的黑鳥，有一整個下午，鳥突然失去蹤跡，就在那天下午，她見到魔法師。魔法師隔著一條湍急的河流，站在對岸。她認出那一身衣服，正想跑開，那人卻開口喊住她，聲浪壓過了水流聲。

「我曉得妳叫什麼名字。」她害怕得停下腳步，這要是真的，她就無路可逃了。命名意味著權力，亞當替各種動物命名，他一喊，牠們就應聲而來。

「我才不信。」她大聲喊回去。魔法師微微一笑，請她過河來，好讓他附耳悄聲告訴她。她搖搖頭，對岸想必是魔法師的地盤，留在這裡好歹是安全的。

「沒有我，妳絕對走不出森林。」他警告她。溫奈舉起腳步，穿越泥濘的土地，根本懶得理會。夜幕又籠罩大地，這一夜天降大雨，狂風大作，吹走了她棲身的小棚屋，後來她又受到水蟻群襲擊，不得不走進黑暗的森林深處。破曉時分，她筋疲力竭，收存糧食的石罐和乾衣服都不見了，行至河流轉彎的地方時，她發覺自己根本沒有走多少路。她看到魔法師笑吟吟的站在河對岸。

「我早就對妳說過了。」他說。

溫奈可不想聽這個，她坐在草叢裡生著悶氣。

魔法師在對岸升起火，拿出鍋子，溫奈嗅了嗅，抱腿而坐，身體縮得更緊。聞起來像鴿肉的味道。

「我吃素。」她看著他的臉喊道。

「我也是，」他好不歡喜地回答，「我在煮紅豆糰子，份量綽綽有餘喔。」

溫奈嚇壞了，他怎麼會知道？有關她祖母的回憶如潮水般湧來：她拿手的煨紅豆，男人都出去打獵時，女人圍在爐火邊歌唱。她把鼻子埋進外套裡拚命屏住呼吸。

「妳的那一份要不要加芫荽？」魔法師又喊道，「很新鮮哦。」

「要，」溫奈啞著聲音，慌亂喊道，「可是我才不吃咧，因為你會對我下毒。」

「哎呀呀！」魔法師好像真的很驚訝。

「我怎麼知道我能不能相信你？」（溫奈的肚子餓得咕嚕咕嚕叫。）

「因為我不知道妳的名字，我要是知道，早就施法術把妳變過來這裡了。獨自用餐叫人好洩氣，妳說是吧？」

溫奈考慮了一會兒，然後和魔法師立了協定，她會和他一同用餐，飯後，他會對她說他在盤算什麼主意，接著他們再來比畫一番，好做出決定。只要她過河，他會先替她畫好粉筆圈做為擔保，圓圈上留個小缺口，以便她走進去。接著，他從對岸將粉筆拋給她，那是顆粗糙的褐石，她緊捏著石頭，踮著踏腳的石塊，顫顫巍巍地過了河，縱身跳進粉筆圈中，轉身一畫，把缺口填滿。

「要法國麵包，還是雜糧麵包？」魔法師把一碗冒著熱氣的食物遞給她，問道。

他們倆默默吃著東西，氣氛融洽，如是十五分鐘後，魔法師嘆了口氣，又撕了塊麵包，將碗底的湯汁抹個乾淨。「不好意思，沒有甜點。我本來打算做蛋奶布丁，可是這一帶很難張羅到牛奶。不過，我們還是有咖啡喝——接著我會告訴妳我要的是什麼。」

一塊麵包鯁在溫奈的喉嚨裡，她咳了起來，不得不讓魔法師用力拍她的背。搞不好他想把她剁成八塊，或想將她變成野獸，也搞不好他想逼她嫁給他。她喝咖啡時已嚇得全身僵硬。

「我想要的是，」他開口道，「收妳為徒。魔法技藝正在衰微，像我們這樣的人，多一個是一個。妳有天賦，這我知道，妳可以把信息散布到其他地方，那些地方的人到現在連個粉筆圈都不大會畫。我會對妳傾囊相授，不過我不能強迫妳，首先妳得告訴我妳叫什麼名字。」他往後一靠，打量著溫奈，「還有件小事，除非妳把名字告訴我，否則出不了那個圓圈，因為我不能釋放妳，而妳又沒這個法力。」

溫奈氣得說不出話來，「你使詐。」

「嗯，職責所在，沒辦法。」

「好吧，」過了半晌，溫奈說，「這麼辦吧，如果你猜出我的名字，我就隨你處置。猜不出來的話，告訴我怎麼離開這裡，別再來煩我。」

魔法師緩緩地點點頭，溫奈心裡直納悶，他們不曉得要舉行什麼刁鑽的比賽，以一決勝負。魔法師突然抬起頭。

「我們來玩『吊死人』吧。」

他取出一張紙和一隻自來水筆，「妳叫X。」他猜了起來。

「不對，」溫奈冷笑著說，「我得一分。」

「妳得給我點暗示才行，」魔法師說，「好歹我們比的並不是法術呀。」

「好吧，」她勉強同意說，「我念首打油詩。」

「有人卻看我輕盈如飛鳥，

有人卻看我沉重如巨岩。」

「我只說這麼多。」

魔法師倒立了一會兒，不斷複頌打油詩。

「P。」他終於說。

「我共得兩分。」溫奈聲音發顫，開心地說。

魔法師突然翻身一跳，站在地上，喊道：「妳的名字是金百靈。」

「錯，」溫奈高聲說，「這一次我得兩分，下一次我就要畫到鼻子，你要輸啦。」

天色將暗時，溫奈替他們倆又倒了杯咖啡，魔法師輕輕一笑，「我知道了。」

「哦，是嗎？」溫奈問，「別忘了，我再得兩分，就自由了。」

「妳叫做石溫奈。」粉筆圈剎時消失。

好吧，溫奈拖著腳步走到火堆邊，心想，起碼他燒菜的手藝不錯。

們。

第二天早上，他們站在一座古堡裡面，三隻烏鴉站在古老的旗桿上，冷眼俯視著他

「沙得拉、米煞、亞伯尼歌，」魔法師介紹說，「原諒我說雙關語，妳遲早會弄清楚哪隻叫哪個名字。這會兒，我得抱妳跨過門階，要不然妳會睡著，這只不過是其中一項安全措施而已。」他一把抱起溫奈，帶著她進了一個色彩繽紛的房間，房中一面牆上有座巨大的壁爐，火光熒熒。

「妳喜不喜歡挑高的天花板？」他問她，他們在壁爐的兩側分頭坐下，「這些老房子都一模一樣，不過妳終究會習慣的。」

「你當魔法師多久了？」溫奈開口問。

「喔，這我也說不上來，」他快活地說，「是這樣的，我也屬於未來，對我來講，什麼都是一樣的。」

「可是，哪會有這種事，」溫奈反駁，「誰都不可能這樣談論時間。」

「乖孩子，對妳來說不可能，但我們是很不一樣的。」

這倒是真話，所以溫奈轉而打量起房間。

裡頭沒有什麼家具，卻有數不清的櫥櫃。右側的窗邊高懸著一具喇叭形助聽器，上

面有浮雕花紋。

「那是用來做什麼的？」

「這個嘛，我並不是一向都是這個年紀，在我比較老的時候，耳朵會有點背，有了那個，我晚上躺在那張長沙發上時就聽得到夜鶯啼唱。」

溫奈舉目四望都看不到有長沙發，「什麼長沙發啊？」

「咦，就是那張呀，」魔法師驚訝地說。她再看了一次，長沙發果然就在那裡。溫奈在古堡的歷險才剛開始而已。她在那裡的時候，有件奇事發生了，她忘了她是怎麼來到此地，也記不得自己的往事。她深信自己一直住在古堡當中，是魔法師的女兒。他是這麼跟她講的，他說她失去母親，有位法力強大的精靈，特地把她託付給他照顧。溫奈覺得這是實情，況且，還有哪裡能比住在這裡更好呢？

魔法師對住在山腳聚落裡的村民很好，他教他們音樂和數學，還對農作物施了強力法術，這麼一來，到了冬天就沒有人會挨餓。當然啦，他指望他們絕對效忠於他，而他們也樂於如此。溫奈學會如何教育村民，一切都很順利，直到有一天，有個陌生人來到村裡。他在一間農舍住下，沒多久就和溫奈交上了朋友，她邀他在豐年祭當天到古堡過節。

豐年祭是這個村落追思和慶祝的日子，家家戶戶都送禮給魔法師，他也會視各家情況，回送他覺得合適的禮物。

「你會不會送那個陌生人一份禮物？」節日當天早上，溫奈逼問她父親。

「什麼陌生人？」

「就是這個呀。」溫奈手一指，就把他變到眼前。那少年嚇壞了，一秒鐘以前，他還倚在大樹下，凝視著古堡，此時卻站在天花板比天高的大廳裡，身旁還有三隻烏鴉。魔法師轉過身，迎向他倆，拍了拍手。「事情該怎樣、就怎樣，妳已經決定了他的禮物。」溫奈的父親攏攏長袍，人就不見了。

「我好害怕。」少年說。

「沒什麼好怕的。」溫奈吻著他說。

太陽尚未下山時，廳裡便已擠滿人和畜牲。有些畜牲是獻給魔法師的禮物，好充實他的農場，有些畜牲則是自個兒晃進廳來。到了午夜，人人喝得茫茫然，忘懷今夕是何夕，魔法師按慣例發表感言。他保證明年又會有大豐收，他的朋友個個都會身體健康。那些將在這一年內離開村落的青年，他送他們一人一副盾牌、一把刀或一張弓。那些決心自立更生的少女，他送她們一人一隻獵鷹、一條狗或一只戒指，「讓人人各視所需保護自己。」因為魔法師知道旅行者的遭遇。末了，他說起有個敗類已來到此地，說著說著，臉色越來越難看。「那傢伙就在你們當中，」他警告他們，冷眼瞧著他們緊張得議論紛紛，「必須將他驅逐出去。」魔法師將一隻手放在少年的頸上。

「這少年糟蹋了我的女兒。」

「才沒有，」溫奈警覺地猛然起身嚷道，「他是我的朋友。」

但是沒人聽信她的話。他們將少年五花大綁，扔進古堡最深處最黑暗的房間，要不是溫奈施法術替他鬆了綁，他恐怕得待在那兒一輩子。「現在，快去找他。」她持著火炬對少年說。他站在那兒，眼睛一時承受不了光線，眨呀眨個不停，「否定我，隨你高興，把一切都怪到我頭上，你不能站在我這邊，因為你不能和他作對。」少年面色刷白，哭了起來，可是溫奈硬是把他推上了樓梯。第二天早上，她聽說他已經按照她的意思做了。

「女兒，妳已令我蒙羞，」魔法師說，「這裡再也容不了妳，妳非得離開不可。」

溫奈無法請求寬恕，因為她根本是無辜的，不過她請求讓她留下。

「妳要是留下，只能待在村子裡看羊，自己一個人好好想想吧。」他說完便離去。溫奈的淚水差一點就要奪眶而出，這時卻感覺有個東西在她的肩膀輕輕啄了一下，是她心愛的烏鴉亞伯尼歌。他往上一躍，跳到她的耳邊。

「聽我說，妳不會失去妳的法力，只不過得換個方式來施法，如此而已。」

「你怎麼知道？」溫奈吸著鼻子說。

「魔法師從來就沒有辦法收回他們送出去的禮物，書上是這麼說的。」

「要是我留下來呢？」

「妳會傷心欲絕，一蹶不振。妳所熟知的一切雖近在眼前，其實卻遠在天邊。此時最好還是另覓棲身之地。」

溫奈考慮了一下，烏鴉在她的肩頭不時換腳站著，耐心、努力地保持平衡。

「你跟不跟我一起去？」

「我不能，我被困在這裡，走不了，不過妳把這拿去。」烏鴉往下飛，就溫奈所見，他在旗幟上嘔吐了起來。接著他順了順羽毛，把一顆粗糙的褐色石頭拋到她的手心裡。

「謝謝，」溫奈說，「這是什麼東西？」

「是我的心。」

「可是它是石頭做的呀。」

「我知道，」烏鴉難過地說，「是這樣的，很久很久以前，我選擇留下，因為終日哀傷，我的心越來越濃稠，最後成了石頭。這可以給妳一點警惕。」

溫奈默默無語，在壁爐邊坐了一會兒。烏鴉突然失了聲，無法警告她，她父親已化身為一隻老鼠，潛進房內，把一條無形的絲線繞在她的一粒鈕釦上。溫奈站起來時，老鼠快步溜走，她並沒有注意，到清晨時分，她已走到森林的邊緣，過了河。

我重回葬儀社打工，按那女人以及她的朋友喬的說法，應該稱之為殯儀館才對。他們付給我的薪酬還不錯，我如果需要多掙點錢，只要多洗幾輛車便行。偶爾我得把冰淇淋車停在店後，到前面去幫忙替死者整裝打點，再回上街賣冰。喬老愛開玩笑說，等天氣變熱就要把屍體丟到我的冷凍櫃裡。

「就算沾到覆盆子香草冰淇淋，也沒人會注意到，妳說對不對？」

女人照舊紮花圈，自從「極樂園」（這是他們的店名）拿到鎮外那家高級養老院的合約以來，她可開心多了。

「有錢真的好辦事，」她展示她的新花樣，鄭重向我宣告，「他們喜歡體面的紀念花圈，才不要什麼討人厭的十字架。」

喬也挺得意的，他又買了兩輛靈車，且正著手將車棚改建成冷藏間。

「我才不要讓這裡推滿了屍體，」他在停屍間裡大手一揮，「我說啊，鄉親們來到這裡是要獻上最後的敬意，可不想見到自己的親朋好友和一些閒雜人等躺在一起，是不是啊？想要一點隱私，這也是人之常情。」

「喔，是啊，是啊。」女人附和著說，「可不能讓他們像冰棒一樣排排躺著，是吧？」就我所知，喬和這女人每回答一個問題，就一定會附帶上另一個問題，他們可以這樣一面一問一答，一面幹著活，好幾個小時沒完沒了，喬負責安裝支架，女人則將纏著鐵絲的鮮花，使勁插進支架上，紮成花圈。他們得意地打量自己的作品。

「挺美的，這黃銅，」喬說，「是不是啊？」

「就像天堂之門，對吧？」女人回答。

我呢，負責坐在他們中間，倒倒茶，不時機靈地點點頭。我不覺得這有什麼不好，偶爾擺脫掉那些繞著冰淇淋車打轉的孩子也挺不錯。我的冰淇淋車有個發條鐘琴，播送〈泰迪熊去野餐〉的樂聲，這樣一來，孩子們就知道什麼時候該衝出來，大聲吆喝著要橙汁冰棒或九毛九的香草冰淇淋甜筒。有關這個發條鐘琴，有一點很重要，那就是得上足發條，否則音樂會慢得像在唱哭調，搞得喬有一次表示想把它買下來，安裝在他的靈車上。但是過猶不及，如果發條上得太滿，音樂聽起來又活像西部片裡騎兵衝下山的配樂。「討人厭的崔凱，」我發條沒上好時，大夥就說：「快閃一邊去吧。」他們都善變得很，接著就跑到巷子對面的老畢那兒去，老畢是最後一輛馬拉的冰淇淋車。老畢起碼八十歲了，他的馬則老是一副垂頭喪氣。大夥總愛說，沒有人知道他的冰淇淋桶裡究竟有哪些玩意兒，可也從來沒有人開口問過。不過倒是滿好吃的，他沒有新奇時髦的玩意兒，就只賣甜筒冰淇淋和威化捲冰淇淋，上頭澆著草莓醬，他稱之為鮮血。小的時候我們一向買他的冰淇淋，因為他總會免費多給我們一點東西。我們家坐落在他回家的路上，老畢這時已幹了一整天活，而他的馬兒被人們這裡一點、那裡一點地餵，當時滿肚子都是雜七雜八的東西，因此當牠汗涔涔地爬上山坡，屁股後面直拉著大坨大坨的糞便。母親聽見哨笛聲，一手拿著一張十先令鈔票，另一手抄起一把鏟子，派我去買兩客威化捲冰淇淋、一個甜筒，還有馬糞，後者能拿得動多少是多少。馬兒跺著腳，吐著氣，等我買到了冰淇淋，往往還會再多拉一點給我。

「好極了，」母親笑逐顏開，我搖搖擺擺地走進玄關，生怕把東西潑灑出來。「去把它埋到萵苣底下。」接著我們就心滿意足，坐下享用血淋淋的威化捲冰淇淋。

老畢就是有那麼一股浪漫氣息，這是崔凱冰淇淋所沒有的。極樂園每回只要舉辦守靈儀式，就一定會向老畢買冰淇淋當甜點。

「得講求品質嘛，對不對？」女人說。

守靈式供應的菜色相當精緻，總是最好的。自從拿到養老院的合約，他們就開始多供應一道前菜，多半是向莫氏海鮮店買來的蝦仁盅。主菜可以三選一，有火雞肉捲、牛肉片或熱的法式鹹乳酪派。供應法式鹹乳酪派之舉起初被認為略嫌大膽，後來卻很受歡迎。

「人總該有一點想像力，對吧？」我把菜單送去印刷時，女人對我說。

禮拜六，我駕著冰淇淋車經過南佛得一帶時，看到巷底擠擠挨挨全是人，巷底是艾西家。我設法想把車直接開進去，可是有人要買冰棒，又有人想買威化捲冰淇淋，我雙手直發抖，沒法把冰淇淋挖成圓球形狀。

「妳喲，真有點笨手笨腳。」有個胖女人埋怨。

「巧克力冰淇淋，免費請妳。」我說著，把冰淇淋往她那兒一扔，她雙手扠腰，瞠目結舌地站在那裡，巧克力冰淇淋正插在她的圍裙口袋裡。我發動引擎，把車子開進顛簸的卵石路面。沒有人注意到我停好車子，下車，排開人群，走到艾西的門前。客廳裡頭有白太太、牧師和我母親，沒有艾西的身影。

「怎麼了？」我問道。

他們看了我一眼，繼續低聲商量事情。我聽到「安排葬禮」這幾個字，一把抓住母親的外套袖口。

「妳可不可以告訴我究竟怎麼了？」

她拂平衣袖，「艾西死了。」

牧師向我走來，「佳奈，請妳回家去。」他的語調十分平靜。

「依你看，我的家在哪裡呢？」我厲聲向他嚷道。他毫不退縮，握住我的臂膀，領著我走向玄關。

「我們還沒有好好談談，是不是？」他問道。

我沒回答，只是低著頭看著地板，努力不讓自己哭出來。

「妳應當信任我才對。」他的聲音柔和。

「你在害怕些什麼？」我突然問道。

他微微一笑，「我害怕地獄，害怕永世的詛咒。」

「那我有什麼可怕的？」

這時，他突然再也按捺不住脾氣，輕聲細語的人往往都像他這樣翻臉如翻書，「妳做出敗德、不能見容於人的事。」

「你知道，一個巴掌拍不響。」我覺得我理當提醒他一下才算公平。

「她是受妳所害，一時糊塗，妳運用妳對她的影響力，錯不在她，在妳。」

「她愛過我。」我話一出口，就覺得他氣到恨不得想殺了我算了。

「她並不愛妳。」

「她是這樣講的嗎？」

「這是她親口告訴我的。」

我靠在牆上，兩手攤開，大口大口地呼氣。背叛有很多種，可是一旦被出賣就是被出賣了。不，他不會殺了我，輕聲細語的男人夠聰明，不會動手殺人。他們採取的那種武力是殺人不見血的。他領著我走到門口，我踉蹌走回冰淇淋車。「她來了。」我聽到有人在嚷嚷，看到擠在艾西門口的那些人，一個不缺，統統在我的車外排成長龍，居首的那一個掏出她的錢包。

「小姐，兩客威化捲冰淇淋。妳認不認得裡頭的那一位呀？我只和她打過照面而已。」

接著她轉過頭向她的朋友說，「我們只和她打過照面，對不對？」我把冰淇淋遞過去。

排在後面的女人什麼都聽到了，一副迫不及待想說長道短的模樣。

「她並沒有痛苦，而是在夜裡睡個覺就醒不過來啦。兩客覆盆子，一客香草，小姐，貝蒂還沒打定主意。就這樣兩腳一伸是再好也沒有的事，要知道，她老了，再也沒法自己照顧自己。」

「還要不要別的？」我問她們。

「要，」貝蒂提高嗓門說，「我要一個九毛九的香草冰淇淋甜筒，但是我可不付錢哦，」她們一陣爆笑，「動作快一點，」付帳的女人喝道，「我家裡還有孩子呢。」

她們總算都走了，我把黏呼呼的冰淇淋勺扔進汙濁的水罐，這時，我看到白太太越過馬路向我走來。她用手絹摀著鼻子，正在抽泣。

「賺死人錢，」她隔著櫥窗嗚咽地說，「牧師簡直不敢相信。」

「不聖潔，對不對？」我對她說。

「是不聖潔沒錯，可是妳會付出代價，而且那代價絕不會只是一個甜筒。」

「我想也是。」我說，巴望她快點走開，可是她卻靠在櫥窗檯上，不住抽泣，我不得不拿出抹布拭乾她的淚痕。

「葬禮什麼時候舉行？」我隨口問道。

「妳可不准來，只有聖潔的人才能出席。」

「我又不想來，哦，應該是不想去。」我坐回駕駛座，白太太朝著我喃喃說了什麼，又跑回馬路對面。

我照常上路，腦中一片空白，我經過木隅浸信會教堂，往山坡上開，到羊齒三角地，冰淇淋廠就在這裡。「我需要休假兩、三天，」我告訴他們，「僅此一次，下不為例。」他們不是很高興，學校假期可是旺季呢，但是看在我平時工作努力，營收也不錯的份上，他們還是准了我的假。

溫奈過河後來到森林，這處林地看起來一樣，聞起來卻有不同氣味。由於她根本不知道該往何處去，索性不作選擇，就這麼走上最顯眼的一條小徑。過沒多久，她吃光糧食，再也沒有換洗的衣服，後來又患起思鄉病，一連有好幾天，她躺在地上，寸步難行。有位婦人行經林間，發現她倒在那裡，對她施以草藥，救活了她。這位婦人並不會魔法，可是她了解不同種類的哀傷以及它們造成的影響。溫奈隨著婦人回到她的村莊，村民對她熱情相待，給她一份可賴以謀生的差事。他們聽說過溫奈的父親，認為他既瘋狂又危險，所以溫奈絕口不提自己也會魔法，絕不施展法術。婦人設法教溫奈她的語言，溫奈學會個別的詞彙，卻學不會這語言。她就是學不會某些句法，每次她與人爭論，別人總愛用這些句法來反駁她，因為她無法用同樣的句法反駁回去。不過，這種情形難得發生。村民心思單純又善良，並不會質疑這個世界。他們並不指望溫奈多多說話，溫奈想要說話，她已把她的學校、她的學生，遠遠拋在身後，她想要談談世界的本質，世界為何存在，而人又在這世上做些什麼。然而她也明白，她舊有的那個世界很不對勁，要是她談起那世界的是非好壞，別人會以為她瘋了，那時她就會真的孤苦伶仃、孑然一身。她必須假裝自己和別人沒什麼兩樣，她犯錯時，他們微微一笑，想想，她原是個異鄉人。溫奈聽說，遠方有個美不勝收的城市，瓊樓玉宇直聳雲霄。那是個有老虎護衛的古老城市，村裡的人都沒去過那兒，但是大家都聽說過，多半對它敬畏有加。城市裡的居民既不種田，也不勞動，終日思考有關世界的種種。許多個夜裡，溫奈徹夜未眠，滿腦子盡在想像那到底是怎樣的地方。她要是能去那裡就好了，她覺得自己會很安全。她把自己的計畫講給村民聽，他們放聲大笑，勸她想想別的事，可是溫奈無法想別的事，她打定主意，總有一天要到城裡去。

次日上午，我在鎮上遇見喬，他向我揮手，快步跑過來。

「停屍間裡有你們中間的一個，去看看吧。」我知道他指的是艾西，這是我最後一個機會，教友都不記得我在極樂園打工。在此同時，我有封信得寫，所以我一直等到入夜之後才過去。況且當晚教會有禱告聚會，因此我不會碰到任何人。

「喔，是妳呀，對吧？」我到達時，女人抬頭看了看我。「喬有沒有來？」

「對，是我。沒有，喬沒來。他應該是在菜園子裡，不是嗎？」

「喔，對唷，挖菜好做葬禮宴席，我忘了，」女人正把羊齒葉和風信子扎進十字架裡，「瞧我在替他們紮什麼來著，又一個可惡的十字架。」她忿忿地把它往地上重重一放，「我們來喝茶吧。」我走到小廚房，經過艾西的棺木旁邊時並沒有看上一眼，我想等到他們都回家再說。不過，感覺起來滿安詳的。

「拿一些巧克力夾心餅吧。」女人喊道。

我們在太陽底下坐了半小時左右，享受溫暖的陽光和茶水。

「法國最好的東西就是這個。」女人嚼著巧克力夾心餅，如是宣稱。

「還有鹹乳酪派哩，怎麼說？」我提醒她。

「對，沒錯，」她點頭，「他們對吃的還真有一套，是吧？」接著她講起在圖書館一本書上讀到的幾則食譜，還有那一回她越過海峽到狄普去。她不會再去，絕不，路程太遠了，不過她倒挺想看看艾菲爾鐵塔的。她聽說是由空中飛人負責蓋鐵塔，最後最高的鋼桁則是一批訓練有素的猴子架上去的。她的祖母看過一張照片，還在大博覽會上看到按比例縮小的模型。她有張照片，圖中正是祖母在看鐵塔照片的情景。我想不想出外遊歷呢？不，我不想，嗯，她可以了解，家裡還有好多事情做不完。然後她講起，她覺得這和你的前世今生有關，我可不能對別人講她有這個想法，可得保守祕密。她說，她常在納悶自己為什麼想做某些事，有些事卻完全提不勁。好吧，有些事情的確有明顯的緣由，可是也有一些完全沒有理由。她曾對此思考良久，然後浮起一個想法，那就是：你在前世做過的事，今生不需要再做。而你在下輩子得做的事，此時還沒準備好要做。

「就好像堆積木，不是嗎？」

在她看來，這說明了我為什麼不想出外遊歷。就在這時，喬開著車子來了，女人起身，重新再沏一壺茶。他打開後車廂門。

「我挖了馬鈴薯、甜菜根，摘了番茄、萵苣生菜，還有豌豆莢，這樣應該夠了，他們要吃火雞肉捲，飯後甜點是香草冰淇淋。」

「什麼時候？」

「明天中午十二點。我們最好先把車子洗刷乾淨，她要去的地方可不缺泥土，是吧？」

女人端著茶出來，她一副悶悶不樂，因為喬本來說好當天晚上要帶她去看賈利古柏的電影，這時卻在講洗車的事。她放下他的茶，茶水潑灑出來，濺到了碟子裡。她把那盒巧克力夾心餅藏到羊齒葉底下。我不想看她心情惡劣，所以提議由我來洗車打蠟。

「妳能把它停在車庫裡嗎？」喬問，一副很懷疑的樣子。

「她當然會啦，」女人沒好氣地說，「那輛殺千刀的冰淇淋車，她難道開得還不夠多嗎？」

喬點點頭，看了看手錶。

「那就這樣吧，先去妳那兒讓妳梳洗一下。」女人站起來，去拿她的安全帽——喬是不帶安全帽的——他們跨上小巧的速克達機車，蛇行上了路。我等了一會兒，慢吞吞地拿出水桶和防水布，開始洗車，我想要艾西有最好的待遇。把車停進車庫時，天色已暗，我把手洗乾淨，走進停屍間，裡頭只開了幾盞燈，但已亮得足夠讓我看看艾西。她穿著她最高尚體面的衣裳，身旁擺著她那本讚美詩集，艾西在書中寫滿了註記，標明哪裡該彈那個調子……不曉得他們會如何處置她的手風琴。棺木邊有張凳子，高度恰好讓人可以坐著瞻仰遺容，不必站著。喬對於這類事情向來細心周到。如果你想守靈一整夜，他會讓你留在那裡，不過這不常有就是了。

我對著艾西傾訴我的心事，還有我寫的信，講了很久很久。我回家時，東方已經大白。

樓下的電話鈴在響，我想賴在床上繼續睡，鈴聲卻響個不停。是喬，他口氣驚慌，問我能不能過去幫忙煮飯、上菜？他得駕駛靈車，照料棺木，女人看完賈利古柏電影回家的路上，從速可達機車上跌下來，她四肢都沒斷，但是得躺在床上休息幾天，還好花圈及時紮好了。我設法對喬解釋，如果我出現在葬禮上會有什麼後果。

「沒關係，」他說，「我不稀罕他們的光顧，他們下一回大可以去找陰森森的阿富。」阿富作生意的方式很不一樣，葬禮依等級各有定價。

「簡直他媽的就像外賣中國菜。」喬嘲笑說。

所以，我答應了他，帶了幾件換洗衣服上路，去烹調二十人份的火雞肉捲。

我盡量躲著不露面，直到出殯的行列上路了才衝到餐室布置餐桌。我估計我可以先把蝦仁盅擺上桌，等每一份火雞肉捲都上桌，各人可以自取蔬菜。四十五分鐘以後，他們回來了，我端著幾大盅熱騰騰的蔬菜衝出去，排在桌上。這時，喬可以分發餐盤，而我們能夠安然完成任務。一切都很順利，直到該上冰淇淋時。冰淇淋已經盛進甜點盅裡，排在大托盤上，喬答應要端著托盤走一圈，然後請眾人離開餐室，到大廳用咖啡和蛋糕，以便我清理餐桌。墓園牧師卻突然站起來，示意喬到門口去，我站在廚房門後偷看，喬慌慌張張地向我走來。

「妳得上冰淇淋，他有話要跟我談。」

「喬，可是……」我嚇壞了，他卻已經走開了。

我端起第一盤冰淇淋，努力想讓自己的臉看起來不大一樣。

「要香草的嗎？」我問白太太，「碰」一聲把冰淇淋放在她面前。

「牧師，要香草的嗎？」我問，灑出幾滴冰淇淋。

「梅，要香草的嗎？愛麗絲，要香草的嗎？」我就這樣「香草的嗎」一路問下去，直到來到我母親跟前，她瞪著我，嘴巴有點開開。

「是妳？」她的珍珠項鍊在頸上微顫。

「是我，要香草的嗎？」

艾西從莫克姆來的親戚以為我們都瘋了，牧師站起來。

「藍姆巴頓先生到哪去了？你們是不是在惡作劇？」

「女人生病了，」我解釋，「我來幫忙。」

「妳不覺得羞恥嗎？」

「不怎麼覺得。」

牧師示意眾教友起身，「我們才不會留下來被人看笑話。」

「哎呀，妳的這個女兒，真是個魔鬼啊。」白太太握著牧師的臂膀，哀號說。

「她才不是我的女兒。」我母親反駁，頭抬得高高的，率先走出去。

他們就這樣離開，艾西從莫克姆來的親戚於是各吃了雙份冰淇淋和兩片蛋糕。喬回來時不住搖頭說，他們全是群瘋子，還好我已經不必和他們為伍。他說得沒錯，我感到孤寂。我在廚房裡一面清理善後，一面思前想後，這時卻感到有人站在我後頭。是朱貝莉小姐。

「妳沒來用餐。」我只想得出這句話。

「對，我不想。我只想送艾西一程，如此而已。我認識她在莫克姆的親戚。」我沒有搭腔，她看起來不大自在，「妳好不好？」

「還好。」我告訴她，「我還能掙點錢，而且已經想好明年的計畫。」

除了艾西以外，她是我頭一個傾訴這件事的人。她聽了好像很高興，說我的想法很好，換了她也會這麼做。「世間難免有阻礙，」她說，「人生苦就苦在這裡。」接著，她突然說，「妳要不要到我的公寓看看我？」

「不了，」我慢吞吞地回答，「我不能。」

她拾起她的包包和手套。「好吧，如果妳改變主意，或是需要用錢，電話簿裡查得到我的電話號碼。」她轉身走開，我聽著她的腳步聲，良久。我不知道我為什麼沒向她道謝，甚至連再見也沒說。

那是我最後一次固定在極樂園打工，我畢業了，在一間精神病院謀得全職工作，按理講，我應該是不會選擇到那兒上班，不過比起別的工作，這份差事有個大優點，那就是提供住宿。我總算有自己的房間了。

「她不會喜歡的，是吧？」女人對喬說。

「怎麼可能嘛？」喬答稱，「那裡全是神經病。」

無論如何，我還是去了，懷抱著對未來的計畫，藉以安慰自己。

溫奈設法想像城市會是什麼模樣，有些村民說，那城市是用水晶打造的，有些則說，是用蜘蛛網織就而成。還有人說，什麼城市不城市根本是胡說八道，他們對她說，就算她找得到那城市，依舊不會快樂。她心想，每個人都是如此堅強又健康，她思及他們的善心和智慧。在重視真理的地方，沒有人會出賣她，因此她越來越有勇氣，決心也隨之越發堅定。她在掃帚的把柄上找到一張捲起來的地圖，圖上顯示著森林和從森林邊緣展開的城市。她發現那條河，河面平靜而狹窄，但逐漸流成巨大的嘴形，那裡就是她以前生活的地方。河流環繞著那座神聖的城市，像一條被腰斬的蚯蚓似的裂成兩半，各自奔流入海。溫奈從未在海上航行，她只認得拍岸的海水，只認得和陸地相連的海。她怕海，可是她曉得曾有信仰虔誠的人駕著小船，締造了奇蹟。要到城裡去，最簡單的路徑就是先出海，再折回來走河道。此外就只有另一條路，先穿越森林深處，再走一段好似隧道的河道。那裡的河水臭得令人作嘔，她不必指望能夠航行在這段河道上，因為那河水流向黝暗的密林，黑夜因此顯得特別長。她必須找到一艘船，以便駕船出海。她未必能靠岸，只能憑藉著一股信心，那就是：只要她勇於尋找，她想要的事物便可以存在。

溫奈研究造船工人的手藝，看他們是如何翻轉、調整船身，使船走得快。又如何加寬船尾，使船走得穩。她學會有關船帆的幾何原理，有位盲人教了她不少知識，他說繩索就是條狗，粗暴歸粗暴，卻可以信賴。褐色的繩索摸起來就像狗的皮膚，溫暖且扎手，得用正確的方法來處理。她學會一件事：不管對待什麼事物，都必須把它當成是有生命的。他對她說，它們的確是有生命的，你只要明白這一點，辦事就更能得心應手。他告訴她，這便是所謂的「悟力」——有機能量的原理。她雖然不懂，但感覺得到那股動力。濃稠的黑色焦油，以及緊緊綁縛在她槳柄上的繩線全都在動。他說，石頭熱到發燙的時候便會唱起歌，他送了她一顆會唱歌的石頭，給她在路上用。

很快就到了溫奈在村中的最後一夜，她決定露宿屋外，以便嗅聞並感受她即將離開的這一片土地。外頭颳著風，而這似乎無關緊要，不過明天起風的時候可就不同了。所有熟悉的事物將呈現不同的意義。當晚，溫奈做了一個夢。

她夢見她的眉毛變成兩座橋，通到她雙目之間的一個孔，那孔沒有蓋子，裡頭架著迴旋梯，一路直通底部。她如果想知道自己的地盤有多大，就必須沿梯而下。她必須先通過在最底層臺階周遭晃動的鮮血和骨骼，才能來到皮膚底下那寬敞的空間，蹲坐在最高層的臺階上。接著，她發現一匹體態豐滿的馬，這使得她有機會多四下巡視幾遍，她以為在東看西瞧的時候並未改變任何事物，可是她勢必已改變了事物，因為每巡視一遍，同樣的東西就變了一個樣，她越來越頭暈目眩，再不快點下馬就要跌落了。

溫奈醒來時細雨紛飛，她必須立即動身。她哭了起來，盲人摸摸她，叫她不要掛心自己會恐懼。她划行航向大海，有一天的時間暫不行船，直到她習慣海水的鹹味和大海的遼闊。對城市的需要像一顆定心丸那樣令她心意堅定。她將上船，航向另一邊。帆已揚起，陽光穿雲而出，此時她的前後左右只有海水。事態已定，她不能回頭。

「妳最後一次見妳母親是什麼時候的事？」有人問我，此人和我並肩走在城市裡。我不想告訴她。我想，在這個城市裡往事就只是往事，都過去了。我幹麼非得記得不可呢？在這古老的世界裡，人人都可以是新造的人，往事已被沖洗一空。新的世界何必如此好管閒事？

「妳難道沒有動過回家的念頭？」

傻問題。有些線會幫你找到回家的路，還有些線的用意就是要帶你回家。心念隨著拉扯的力量而動，想要擺脫那力量可非易事。我一直在想著回家的事，羅德的妻子回頭張望，變成了鹽柱。柱子可以支撐東西，鹽則可以潔淨事物，可是因變成鹽柱而失去自我可划不來。的確有人會走回頭路，但他們會活不下去，因為同時有兩個現實在爭戰主權，這樣的情形讓人難以承受。你可以用鹽醃漬你的心，或索性殺死你的心，也可以在兩個現實當中選擇其一。這會帶來很大的痛苦，有人以為你能夠魚與熊掌兼得，可是魚和熊掌會變腥變臭，吃著吃著還會害你鯁到喉嚨。離家多時後又回去，會令你發狂，因為被你留在家裡的那些人總以為你都沒有變，待你一如舊時，指責你冷漠無情，但你只是和他們不一樣而已。

「妳最後一次見妳母親是什麼時候的事？」

我不曉得該怎麼回答。我知道自己的想法，可是腦袋中的語句就像在水中講話，聲音扭曲變形了。你得特別靈巧敏銳，才聽得懂浮至表面的言語。你得像個銀行大盜般仔細傾聽微小的喀噠喀噠聲，才能打開保險箱。

「要是妳當初沒離開會怎麼樣？」

我可能會變成教士，而非先知。教士擁有的書本一字一句早已印好。古老的字句，已為人所知的字句，有力的字句，永遠存在於表面的字句，無論什麼場合皆可應用，這些字句具有影響力。它們盡其應有的本份，或撫慰，或規範。先知則沒有書本，先知是曠野中吶喊的聲音，洪亮卻未必能引導出意義。先知之所以吶喊，是因為他們受到魔鬼的騷擾。

這座古老的城市是由石頭與尚未倒塌的石牆造就而成。就像天堂樂園，此城以河流為界，還有奇禽異獸，牠們多半都有頭顱。如果你飲用井水——這兒的井可真不少——說不定就會長生不老，只不過不見得能以你的原形長生不老。你說不定會變形，水質說不定並不適合你，他們可不會把這事告訴你。我逃到這個城市來，城裡處處有高塔，你可以不斷往上爬，越爬腳步越快，讚嘆欣賞塔的設計，並幻想著塔頂將有何等的美景。塔頂的風很強，一切都變得好遙遠，看不分明什麼是什麼。那兒沒有別人可以和你一起討論。貓咪可以指望消防隊救牠下去，長髮公主的頭髮帶來了好運[28]。重回地面，坐

---

[28]「長髮公主」（Rapunzel）為格林童話一篇故事的主角，她一頭長長的金髮給她帶來波折的命運，最終也使她得救。

下，不也很好嗎？我來到這個城市，是為了逃離。如果魔鬼已長駐於體內，他們會隨著你行遍各處。人人都以為自己的處境最悲慘，我也不例外。

我下了特快車，轉搭地方線慢車，注意到有一點不大對勁，這座車站一般很繁忙，這會兒卻幾乎不見人影，也沒有什麼聲響。世界好似窒息，悶悶的，很低沉。這是怎麼回事？有隻手在拍我的肩膀。

「小妞，最後一班火車。」我看看時鐘，才八點半。

說話的人看出我的困惑。「下雪啦，小妞，路走不通嘍。」他這講的是什麼話？我走了不過幾百哩路就不能再往前，我感到懷疑，我已被魔法籠罩，什麼事都有可能發生。不過，眼下我得趕緊上火車。我的客車包廂裡已坐了個不停在唉聲嘆氣的男人，我身上沒帶手套，頂上的行李架又鏽得都快爛了。

「小妞，包包不可以擺在走道上。」查票員叱道。

火車轉到另一條軌道，包廂裡空氣很悶，我把車窗開一條縫。窗外的雪起碼有三呎厚，鐵軌被白雪所覆蓋，鐵軌兩側的雪堆積如山。我沒帶我的大頭皮靴。男人不再唉聲嘆氣，改成喃喃自語，直到我們抵達第一座車站。我們沒靠站多久，便傳來刺耳尖銳的噪音，火車磨磨蹭蹭走了幾下，停頓下來，又突然開動，走了幾呎，走道上傳來幾個人的跑步聲，查票員，警衛，喃喃自語的男人跟在後頭。尖銳的噪音還在，我把頭探出車門，看到一大綑黑色的東西被推上車。突然之間，那綑東西穿過車門，火車又上路了。我走回我的座位，看到那綑東西沿著走道向我走來。「殺千刀啊，殺千刀啊，殺千刀啊，」那玩意兒念念有詞，「也不給人爬上車的時間，殺千刀啊，偏偏我的心臟又有毛病。」這女的被卡在門口，動彈不得。

現在包廂裡有我們三個人，那綑東西一面念念有詞地發著牢騷，一面吃著肥厚的乳酪三明治，一隻肥厚的手緊緊抱著保溫杯不放，活像在抱著一位失散已久的朋友。喃喃自語的男人唱起一支失戀小調。我呢，套頭毛衣底下藏著一本《米德鎮的春天》㉙。害得人變瘋狂的並非特定的事物，而是事物之間的空間。

㉙ *Middlemarch*，英國女作家喬治·艾略特（George Elliot）的小說。

「好啦，我們到了。」我心想，火車慢吞吞地駛進曾是車站的所在。這裡以前有「瑪麗皇后」號的模型，有候車室，還有一架「五少年」巧克力糖自動販賣機。我曾經戴著一頂活像茶壺保溫罩的帽子，從這兒出發到利物浦，那帽子是艾西織給我的，她稱之為我的救世頭盔。

風很大，我兩條腿一步一滑地走過鎮公所、掛著彩燈的聖誕樹和救世軍捐贈的聖誕馬槽，我的鞋子越來越溼，鞋面的顏色越來越深。我抵達我們那條長街的坡底時，天又開始下雪，坡頂的小山看來就像火車上的那綑東西。「十個街區，二十盞街燈。」我自動數將起來。就快到了，我要是有帶著手套出門就好了。剩最後幾塊石板，冷不防，我又站在家門前了。客廳裝了一扇鉛框玻璃窗，這樣屋外的人就沒法看清楚屋子裡面。不過，我看得到屋內影影綽綽，聽得到依稀像是〈天使報信〉的樂聲，聽起來是這首歌沒錯，可是背景卻有清楚分明的森巴節奏。我躑躅不前，過了一會兒才一鼓作氣推開前門。玄關開著燈，馴鹿鞋拔仍掛在氣壓計旁邊，壁紙則已脫落。我將要走進客廳，並且盡量往好處想。在客廳裡，我發現母親坐在一架充其量只能稱之為怪機器的東西前方，更有意思的是，她正在彈奏那東西。

「媽，妳好，是我。」我放下我的包包，等候著。她轉了轉她的凳子，揮了揮手上的樂譜，封面印著《好消息》。

「來看看這個，是特別為電子琴編寫的。」她轉回去，撥弄鍵盤。

「鋼琴呢？」

「喔，我已經全面電子化了，我想跟上世界潮流。」

我走過去打量這臺怪機器，這龐然大物的頂上附有巨大華麗的樂譜架，有兩排鍵盤，還有一排不同顏色的旋鈕和按鈕，上面印有「古鍵琴」和「木琴」之類的字樣。

「妳聽這個古鍵琴。」母親號令一下，叮叮咚咚彈起〈嚴冬懷主歌〉的第一小節。

「很有氣氛。」這我得承認。

「喔，還不只呢，我示範給妳看。」接下來半個鐘頭，她忙著示範這架機器，彈了有加以及沒加響弦的〈朝見新生王〉，有加以及沒加翼號與貝斯合奏的〈朝見新生王〉。她還會彈流行歌曲，加上吉他音效和輕快的拍子。「適合青年團契聚會，」她解釋說，「我們要組一個樂團，就像救世軍的悅弦樂團那樣。」她關掉機器，站起來，退後一步，以便我們讚嘆欣賞一番。「凳子是附送的，」她指指這具結合毛絨布和美耐板的雕刻品，「還替你把你最喜歡的歌曲裝訂成一本樂譜喔。當然啦，我請他們裝訂了救贖聖詩集，妳瞧。」書皮是小牛皮的，字體燙金，書側印了母親姓名的縮寫。我點點頭，問她要不要一起喝杯茶。

「是不是從迷失者協會那裡得到的？」我問她，搞不好那些配件還是她設計的。她半响沒作聲，我看到她漲紅了臉。她告訴我協會已經解散，莫克姆招待所發生貪汙事件，彭恩牧師哀痛欲絕。事情是這樣的：有一筆特別保留的公款原該做為對漁民傳教的基金，結果這筆款子有一大半被挪用支付協會書記的賭債。我母親收的會員費和出售宗教用品的收入，則被拿去支付書記妻子的安家費。那是已和他形同陌路的元配，和他同居的那個女人是他的女友。

「交際花，」母親鄙夷地說，「和他的交際花活在罪惡當中。」

母親發現協會即將破產時，寫了封信給遍布各地的大批會員，向他們募款，並警告說協會恐怕撐不下去。反應相當熱烈，沒過多久，郵政匯票便如雪片般湧來，信裡附有謝函，感謝協會多年來所做的一切。「我不管到哪，都隨身攜帶我那精簡版的啟示錄。」有位婦女寫道。末了，母親以半價出清了《吉姆・瑞夫斯虔信歌曲精選輯》的所有存貨。協會不但清償債務，還有餘款讓彭恩到柯溫灣度假幾天。

莫克姆招待所遭人申訴湯太稀，毛巾都不換新，導致衛生當局前去調查。那地方年久失修，破爛不堪，當局下令，不徹底清理一番就得關門。這還不算慘，我母親在《心靈週刊》上看到招待所的一條廣告，為甫遭喪親之慟者提供「莫克姆最知名靈媒」的服務。招待所早就開始每逢禮拜五在彈子房舉行降神會，你得另外付費，還沒有晚餐吃，因為靈媒工作時不喜歡旁邊有肚子吃飽的人。母親氣壞了，寫了一篇有關邪術的長文，投到《希望聯合會刊》。她把會刊拿給我，供臨睡前閱讀。

「有沒有足夠的事情讓妳忙？」我不安地問道。

「我跟妳講過，我已經電子化了，可不光限於客廳裡，」她神祕兮兮，不肯再多說。

我們談了一會兒我的近況，沒講細節，但是足以令咱倆覺得彼此都算盡力。

「妳表妹當警察了。」她愉快地說。

「很好。」

「對呀，她交了一個男朋友。」（她刻意不看我。）

「很好。」

「她問起妳。」

「嗯，就告訴她我沒死，用不著浪費錢買花圈。」我決定該上床睡覺了。「別忘了這個。」她快活地說，把她的文章向我拋來。

帕西法爾大人來到一座宏偉的城堡，它是用山岩建造而成，聳立在山坡上。他行至吊橋前，橋面在他跟前緩緩下降，他看到壕溝中有鱒魚在游水。他的馬兒累了，帕西法爾大人下馬，人馬一同拾步過橋。城牆兩側各站著一名全副武裝的侏儒，他們向武士問好，對他道聲歡迎，說裡頭有酒菜恭候。其中一位將馬牽過去，另一位則為他帶路。帕西法爾大人來到一間全用橡木打造的房間，侏儒請他歇息一下，黃昏再起身。帕西法爾大人自責當初不應離開圓桌，離開國王和國王憂傷的面容。他在甘美洛的最後一晚，發現亞瑟在園裡徘徊，明明哭得像個孩子，卻說自己沒事。國王賜給他一串鈴鐺，可以掛在馬兒頸上。第一天，第二天，以及第三天，帕西法爾都仍在梅林的魔法勢力範圍，還可以回頭，到了第四天，他行至荒野孤寂的林間，不知道自己身在何處，也不知道自己怎會莫名其妙走到這裡。這會兒，帕西法爾大人躺在床上，沉沉睡去。

他夢到那次晚餐，雷聲轟隆隆作響，一陣狂風吹來，說時遲那時快，一道比白晝還要亮上七倍的日光從天而降。他們突然看到對方，兩人先前卻都沒見到這裡還有別人，雙方驚愕得說不出話來。這時，外罩著雪白織錦布的聖杯進得廳來，他們都曾矢言要找到聖杯，不好好將之看得分明，誓不罷休，亞瑟當時只是靜靜坐著，看著窗外。

帕西法爾醒來時，太陽正逐漸西沉，他得梳洗一番，好去向主人致意。他將談到聖杯，但不會提及他尋找聖杯的原因。他已見過徹底的英雄事蹟，有那麼一閃而過的瞬間，甚至看到徹底的和平。他想追回當時的影像，好讓自己保持平衡。他是個渴望解甲歸田的戰士。

母親端著一杯熱巧克力，握著一張購物清單，把我搖醒。我得代她進城去，她得寫信給史普雷牧師。雪下得更大，因此我第一站去了軍需品供應站，買了雙大頭皮靴。我自覺強壯了一些，決定去艾客來除蟲店看看艾太太。門上的鈴鐺叮咚作響，正在將粉末裝袋的她抬起頭。她花了差不多五分鐘才認出我，把身子探出櫃檯，重重地拍了拍我的肩膀。「嗨，」我拂去肩上的粉末，「妳好嗎？」
「又病又煩著呢，」她穿起外套，「妳年紀夠大，可以上『公雞和哨子』喝一杯了，對吧？」我點點頭，她把休息中的牌子掛在門上，帶著我走進酒館。我母親老是告訴我，「公雞和哨子」是個賊窟，只有小偷和收稅員才去那裡。此刻我破天荒頭一遭見識到裡頭的情景，卻一點也不刺激。地上鋪著油氈地板，吧檯邊坐了幾位滿臉皺紋的老人。艾太太帶頭走進酒吧間，點了兩杯半品脫的淡味啤酒。「欸，」她說，「我還以為妳永遠都不會滾回來了咧。」
「我只是回來過聖誕節而已。」
她抽了抽鼻子，「嗯，妳這就更蠢了，這個地方鳥不拉屎、雞不下蛋，死光光囉。」
「生意不好啊？」
「殺千刀的爛透了，都是那個新發明的中央暖氣害的，要安裝暖氣，非得加裝防溼設備不可，這麼一來，就把所有的蟲子都清乾淨啦。我抱怨也抱怨過了，還想辦法爭取補償，他們卻說時代進步了，我應當專心經營寵物照護生意才是。」
「妳難道不能嗎？」
艾太太啪地一聲拍了桌子一下，「殺千刀的，我就是不能。這年頭，人人都想扮高尚，沒人想被人看到上除蟲店買東西。況且，妳曉得，我簡直受不了那些獅子狗，我開的又不是該死的獅子狗理容店。」

我問她從什麼時候開始有這種情形，原因何在。

「浴室，」她陰沉地說，「是浴室起的頭。」鎮代表會好像總算體認到廠底區的住宅簡直人見人厭。他們撥下巨款作基本的改善，於是每間背靠背的連幢房屋都加裝了一間浴室。

「他們有了浴室後，接著還想要中央暖氣和獅子狗，」艾太太厲聲罵道，「我們都曉得中央暖氣會帶來什麼後果：它會吸乾你體內的天然水份，妳說對不對？」她心裡真不好受。多年來，她致力保護地方，竟換來這種下場。她把資金悉數投入添購最新的除蟲藥，一天到晚為人提供建議，辛苦工作，只為隨時掌握外國進口貨的狀況。

「天底下就沒有我不認得的蟲子。」她得意地告訴我。

「妳有什麼打算？」

她看了我一眼，左顧右盼，然後豎起食指，貼在嘴脣上。我得向她保證絕不會洩露一個字。她有點存款，歷年來玩賓果遊戲贏來的錢全存著沒花。她打算移民。

我簡直聽得入迷了，她這輩子最遠只去過黑池。

「妳打算去哪？」

「托雷莫里諾㉚。」

「什麼？」

「沒錯，我已經收集了小冊子，找到一家別墅，我要賣絨毛玩具給觀光客，他們會樂於向說英語的人買東西。」我盤算了一下，她在那兒安定下來以前，舉凡買別墅、搭飛機、進貨，生活開銷，樣樣都得花錢。她滔滔不絕講述她已經看書自修西班牙語半年，還到里希頓上西班牙語課，一週兩次。

「妳有沒有足夠的錢？」我不能不問。

「不大夠。所以，我得放火燒了我的店。」她小心翼翼地盯著我瞧，提醒我說，我答應了一個字也不洩露，「妳只要把妳的地址給我，我就一定會把登在報上的消息寄給妳。」

她一切都計畫好了：燃燒得很慢的導火線，很多的易燃物。她會趁晚上去上課、遠離現場的時候讓火燒起來，那些家具反正她也不想要了，衣服再買新的就可以。她會把她的文件和貴重物品收到銀行保管箱。不過，她要等聖誕節過了以後再行動。

「我可不要把消防隊員從家人身旁硬生生拉走。」

我們飲乾了酒，我走時，她又埋頭分裝除蚤粉末，那情景和我來時一模一樣。

我買到絞肉和洋蔥，並且發現崔凱小吃店仍在老地方賣同樣的東西。貝蒂的眼鏡上照舊纏著膠帶，多年以前，夢娜不小心讓漢堡排落在眼鏡上頭，從此以後，它就是這副德性。貝蒂不認得我，我也不想講明。我開始納悶起來，我真的離開過這裡嗎？我母親待我一如舊時，她有沒有注意到我離開過？她記不記得我為何離家？我有個理論是，你每做一個重要決定，你的一部分就會被留下來，繼續活你本可擁有的另一個人生。有人發散出的氣場非常強烈，有人則在他們自己的軀體以外重新再創一個自我。這可不是胡言亂語，陶匠腦中有了構思，於是將它捏成一件陶器，這件陶器從此有了與她分離的生命，獨立存在。她用具體的物質來呈現她的想法。如果我用形而上的東西來呈現我的想法，那麼我或許可以同時間內出現在任何地方，影響若干不同的事物，就像陶匠和她的陶作可以在不同的地方施展影響力。說不定我根本就不在這裡，我的各個部分正隨著所有我做過以及沒做過的選擇各自奔波，偶爾有那麼一個瞬間，彼此擦肩而過。說不定我仍是北方的布道者，同時也是離家出走的那個人，這兩個自我搞不好曾一度彼此混淆。在時間當中，我既沒有向前，也沒有退後，而是穿越了時間，變成某樣我說不定扮演過

㉚ Torremolinos，西班牙陽光海岸的海濱勝地。

的事物，將它演完。

「妳的茶都灑出來了。」貝蒂忿忿地說，於是我付給她雙倍的款項，離開。

我並沒有直接回家，而是走到小山上。那兒一個人影也沒有，天氣太惡劣了，我如果仍住在鎮上，這時也會在室內，訪客就是有這個好處，幹傻事也無所謂。我一路爬到小山頂，在那兒可以看著轉圈飛舞的雪花逐漸將小鎮填滿，直至整個被白雪覆蓋，所有黑色都被擦掉，我大可藉此作一番精采的講道……「我的罪惡如雲一般高掛盤據在我的上方，祂擦掉了雲、釋放了我……」之類的。可是這會兒天堂充斥著太空人，主又已被推翻，上帝在何方？我懷念上帝，我懷念與絕對忠貞的人作伴的滋味。我還是不覺得上帝出賣了我，是上帝的僕人出賣了我，而僕人天生就是會出賣別人的。我懷念曾是吾友的上帝，我甚至不知道上帝存不存在，但我確實知道，如果上帝是你的情感角色模範，那麼人間將少有一段感情可與之匹敵。我的想法是，有朝一日可能會有這樣的感情，我曾以為有過這樣的感情，那稍縱即逝的一刻卻使我流浪徘徊，在天地之間苦苦追尋平衡。當初，上帝的僕人倘若沒有橫加介入，拆散我們，我說不定已感到失望，說不定已一把掀開那面雪白的織錦布，發覺布底下不過是一碗湯。然而眼前的狀況卻是：我無法安定，我想要一個人，這人勇猛強悍，愛我至死方休，明白愛與死一樣堅強，並永遠支持我，站在我這邊。我想要一個能摧毀我並被我摧毀的人。愛與情有許多形式，有些人可以相伴一生，卻始終不知道對方的姓名。命名是艱難又耗時的過程，它與本質有關，並且意味著權力。然而在狂亂的夜裡，有誰能呼喚你回家？只有知道你姓什麼叫什麼的那個人可以。浪漫的愛情已被稀釋，灌入平裝書中，銷售成千上萬本。在某個地方，它仍保有原貌本色，寫在石板上。我願飄洋過海，承受日晒雨淋，並放棄我的所有，卻不是為了一個男人，因為他們只想摧毀人，卻不願意被摧毀，正因如此，他們不適合浪漫之愛。當然也有男人不在此限，我祝他們幸福。

我的需要如此莫名而不明，叫我好生害怕。我不知道它們有多大，又有多高，我只曉得它們並沒有獲得滿足。要測量一滴油的圓周有多長，得用上石松粉才行。我要找的就是這個，一盆的石松粉，我將把粉灑在我的需要上面，好看看它們究竟有多大。等我遇見某個人，就可以寫下這個實驗，讓對方看看她們得承擔多少。只不過，它們可能會以我無法測量的比例長大，也可能會變形，甚至消失不見。有一件事我敢肯定：我不想被出賣。可是當一段感情剛剛開始，要輕易地把這話說出口是件極其困難的事。人們不常說出賣二字，這令我好迷惑，因為不忠不貞雖然分成好幾種，但是不論如何，你一旦被出賣，就是被出賣了。我所謂出賣，指的是答應要站在你這邊，結果卻站到別人那邊。

我立在山邊通往採石場的斜坡上方，從這裡看得見蜜蘭妮從前住的地方。我離家後第二年，曾和她不期而遇，她推著一輛娃娃車。如果說她從前曾經神色安詳、沉靜到遲鈍的地步，那麼她如今看起來簡直近乎毫無生趣。我猛盯著她瞧，心裡直納悶：我們怎麼會有過一段情。然而當她頭一次離開我，我還以為自己得了血毒症。我忘不了她，如今她卻好像忘懷了一切。我真恨不得搖晃她的身體，當街將我身上的衣服脫個精光，高聲說道：「還記得這個身體嗎？」一時間是強效的麻醉劑，人慢慢地遺忘，覺得膩了，逐漸變老、離去。她說，就歷史的角度來看，反正我們倆之間也沒發生什麼。可是歷史是條打滿了結的繩索，你頂多讚嘆欣賞一下，說不定再多打幾個結。歷史是可以擺盪的吊床，是可以玩的遊戲。一種把線繞在手指上變花樣的兒戲。她說她以前對我有過的種種感覺都已死。死亡的事物具有某種魅惑力，你可以苛待、修改已死的事物，或替它塗上另一種顏色，它都不會埋怨。她笑了起來，說我們看往事的觀點大概很不一樣……她又笑了笑，說我對往事的看法可以編成動聽的故事，而她的看法不過是歷史，只有赤裸裸的事實。她說，希望我沒保留任何信函，念念不忘毫無意義的事物實在是太傻了。難道信件和照片能使往事變得更真實、更危險嗎？我告訴她，用不著她的信，我就能記住當時的點點滴滴。她露出茫然的神情，開始講起天氣啦，馬路施工啦，嬰兒食品越來越貴啦等等的話題。

她問我現在在忙什麼，我真想告訴她我忙著把嬰兒帶至潘朵山頂獻祭，忙著買賣白人奴隸，隨便什麼能讓她聽了生氣的事。不過，就她自己的觀點來看，她很幸福，他們已經不吃肉了，她肚子裡又懷了孩子，諸如此類。她甚至開始寫信給我母親，當初鎮上第一間有色人種教會開辦時，她們還共事過。我母親把家中備戰櫥櫃裡的鳳梨罐頭全清了出來，因為她以為他們就吃那個而已。她也四處募集毯子，以免他們受凍。頭一位有色人種牧師去拜訪她時，她費盡唇舌，想向他解釋清楚歐芹醬汁是什麼東西，後來她發覺，牧師大半輩子都住在赫爾[31]。蜜蘭妮仍舊在等候被外派宣教的機會，對於此事，她盡量往好處想，可是心裡難免還是不很踏實。所以，接待中心有段日子人人都得吃火腿加鳳梨、鳳梨蛋糕、雞肉佐鳳梨醬汁、鳳梨塊、鳳梨片。「說到底，」我母親豁達地說，「柳橙不是唯一的水果。」

我下山時，天已經快黑了，我臉上黏著雪花。我想到狗狗，突然悲從中來，我為牠的死、我的死、還有一切因為改變而終於消逝的事物感到悲哀。一旦做出選擇，就必定

[31] Hull，英格蘭東部的港口。

會失去一些什麼。然而狗狗被埋在乾淨的泥土裡，我所埋葬的事物則正逐漸出土：陰冷黏溼的恐懼、危險的想法，還有被我暫時擱置、留待他日方便時再說的陰影。我不能永遠把它們擱置一旁，總有一天得算總帳。可是並不是所有黑暗的地方都需要光明，這一點我得記牢。

我走進屋內，母親頭上戴著耳機，手裡正振筆疾書，在紙上作筆記。她的面前有一架大型收音機，我拍拍她的肩。

「妳這樣會害我心臟病發作，」她一面沒好氣地說，一面上上下下地調整旋鈕，「我現在不能講話，我在接收。」

「接收什麼？」

「我做的報告，」她把耳機戴緊一點，重新振筆疾書。過了一個多鐘頭才好不容易有興致和我說話。我們坐下，一人一碗「維斯達」牌義式牛肉燉飯，我聽她說明她是怎麼走向電子化。她的收音電唱機的晶體有一天突然就報銷了，使得她無法收聽全球廣播。她趕忙帶著支票薄趕到商店，想找替代品，她看到自行裝配的業餘無線電，就買了一架，又買了最便宜的口袋型電晶體，好讓這玩意兒保持運作。它貴是貴，可是協會才剛解散，她需要有別的事情讓她分心。她說，玩無線電可不容易，不過她還是學會了，如今她定期對全英格蘭各地的基督徒發聲，也定期收聽無線電。同好們已計畫要聚會，並打算出一份電子化的教徒新聞通訊。

「一切都是主的旨意，」她說，「所以我忙著的時候別來打擾我。」

說不定是因為這場雪，是食物，或是因為我的生命如此令人無法理解，我一心只想上床睡覺，而醒來時，過往種種原封未動。我好像跑了一大圈，卻在起跑點又遇見自己。

他的主人早已上床就寢，帕西法爾大人卻仍坐在窄椅上，就著火炬的光，端詳苦思自己的手掌。其中一隻好奇，篤定又堅強，那是他溫文又體貼的手，餵狗與扼殺魔鬼的手。另一隻卻一副營養不良的樣子，那是僵硬、狐疑、呆板、不自在的手，一隻受驚的手，卻也是使他保持平衡的手。帕西法爾那天晚上曾火冒三丈，他的旅程似乎徒勞無功，他自己受到誤導。主人問他當初為何離開，聽回答時卻心不在焉，因為此人早有定見，以為必是國王發瘋或圓桌被毀的緣故。帕西法爾默不吭聲，他是為了自己而出走，沒有別的原因。他考慮過返鄉的日子，覺得自己就像棉線軸被拉來扯去，這害他頭昏眼花，真想向那拉扯的力量屈服，在熟悉的環境中醒來。當晚睡覺時，他夢見自己是隻蜘蛛，吊在一棵高大的橡樹底下，吊得低低的。有隻烏鴉飛來穿過他的網，他墜落地面，一溜煙地爬走了。

第二天我醒來時，灰濛濛的天空裡，太陽正努力穿透雪雲。屋裡靜悄悄，我母親通常會放錄音帶，而我會聽到她跟著哼唱，或者試著合音作二重唱。一向以來，只要芬奇牧師來附近一帶布道，她就會隨著他的驅魔巴士一起上路。她自認經驗豐富，可以幫助其他因兒女被魔鬼附身而傷心痛苦的父母。她已開始為那些精神上受到困擾的人研擬一套自助法，說明哪些事情不可以做，可以和什麼人聯絡，可以讀聖經哪一章節。唱詩班當然樂於灌錄歌曲錄音帶，用歌聲驅逐魔鬼，大多數都是芬奇牧師自己作曲。她有自己的嗜好，我看了固然高興，可是她把我特有的罪惡列在自助法的清單中，卻讓我不大開心。不過話說回來，好歹她沒有附上我的大頭照，警告西北部的民眾，最好把他們的女兒鎖在家裡。

我在家裡過完聖誕節才走，期間不得不觀賞電視上沒完沒了有關耶穌誕生的節目，還被迫和白太太一起吃聖誕碎果餡餅，白太太因為緊張過度，甚至不由自主打起嗝來。

「傑克，快拿嗅鹽來。」母親發號施令，並緊緊捏住白太太的鼻子，直到她面色發青。嗅鹽不管用，白太太得由我父親攙扶著走到公車站牌。

「都是妳的錯，」母親嘟嘟囔囔地埋怨，「偏偏選在聖誕節前夕。」說完，她走回客廳，去啜一口波特酒，偷看一下聖誕禮物。她真恨不得趕快拆開，而現在才不過十一點。

我們決定玩接龍打發時間。

「妳作弊，」我正要把我的牌疊上龍尾，母親大呼小叫，「罪人就是不可信賴。」

「好啦，好啦，重新再來一盤。」我們重新再來，玩到十一點五十五分，母親從椅子上跳起來，轉開收音機，收聽大鵬鐘報時。「快把妳的玻璃杯拿來，」她喊道，倒了檸檬水和一點點的波特酒到杯裡，「聖誕快樂，讚美主，來看看我得到了什麼禮物。」她瞄準聖誕樹底下她的那堆禮物，俯衝直下。

「看，妳把天使拉下來了。」我埋怨，她便隨便一塞，把它頭下腳上地放回樹上，另一隻手照樣忙著撕包裝紙。

「這是史普雷牧師送的。」她急切地說。我點點頭，心想這一包玩意兒這麼奇形怪狀，究竟是怎麼通過海關的。

「啊，看哪。」

是隻象腳，頂上附鉸鏈開關。她遲疑片刻，隨後猛然掀開蓋子。那是個象腳應許盒，共分兩層，盛裝著小捲小捲的紙條，每張紙條都印有聖經摘錄下來的應許語句。我母親眼中噙著淚水，小心翼翼地把它擺在餐具櫥頂。

「茱德阿姨送的這個是什麼？」我挑揀出來一個堅硬的長形物體，問道。

「喔，大概是內藏暗劍的手杖吧，妳也曉得她那個人是什麼樣，」母親輕輕地拍拍自己的腦門，「我有興趣的是這個，妳父親送的。」

那東西扁扁的，包得不大漂亮。她緩緩地打開，裡頭是彈弓。我簡直不敢相信。

「爸幹麼送你彈弓？」

「是我叫他送的，拿來趕隔壁的貓。」她也告訴我，她從稍加訓誡到厲聲恫嚇，什麼招數都試了，牠們卻照樣在她得過獎的玫瑰花上頭撒尿，這會兒她要改用乾豆子來射牠們。我搖搖頭，不知該怎麼告訴她我只替她買了件開襟毛衣……

接下來兩天，我難得見到他倆，兩人忙著上教會。節後郵差恢復送信時，我母親收到噩耗。又和莫克姆招待所有關，或者該說是，和招待所的老闆娘巴太太有關。

「這事絕對得靠芬奇牧師出面，」母親說，然後披上外套，去電話亭。她後腳剛出門，我立刻拾起那封信。事情似乎是這樣的：招待所房客越來越少，叫巴太太心情沮喪，而衛生當局不斷挑毛病，則令她感到挫折，只好藉酒澆愁。更重要的是，她在當地的一所老人院謀得一份當舍監的差事，在那兒結交了一個頗具群眾魅力的怪人，此人曾任百慕達主教的正式驅魔師，因為和助理牧師的妻子發生某種不可告人的關係，在離奇神祕的情況下被解職。他回到英格蘭，投入巴太太醉醺醺的懷抱中，得到保護，還說動了她，讓他對若干年老體衰的病人施行巫毒術。他倆被夜班護士逮個正著。

想像一下我母親的感受吧：迷失者協會早已帶來痛苦打擊，莫克姆招待所又令她倍感震驚，這回的事可說是壓在駝背上的最後一根稻草。我死命地瞪著爐火，等她回家。真正的家庭應該是有桌有椅，還有數目恰恰好的茶杯，然而我沒有辦法加入其中一個家庭，又沒有辦法擺脫我自己的。她在我的鈕釦上緊緊繞了一圈線，高興時就用力拉一拉。我在另一個地方認識一個女人，說不定她可以拯救我。可是，萬一她已經睡了怎麼辦？萬一她在我身邊夢遊，我卻始終一無所知，怎麼辦？這時，後門傳來「碰」一聲，我母親像一陣風似的大步走進來，頭巾在她下巴下方打了個大結，活像是有印花圖案的甲狀腺腫。「真是亂七八糟，」她氣呼呼地說，把信往火裡一扔，「幸好我夠機警，否則就要誤了我的播報。去把耳機拿來。」我遞過去給她，她調整了一下麥克風。

「慈光呼叫曼徹斯特，曼徹斯特請回答，這裡是慈光呼叫。」

（全書完）

木馬文學 143

柳橙不是唯一的水果
Oranges Are Not The Only Fruit

作者　珍奈・溫特森（Jeanette Winterson）
譯者　韓良憶
社長　陳蕙慧
副總編輯　戴偉傑
特約編輯　林立文
行銷企劃　陳雅雯、尹子麟、洪啟軒
電腦排版　極翔企業有限公司

讀書共和國集團社長　郭重興
發行人兼出版總監　曾大福
出版　木馬文化事業股份有限公司
發行　遠足文化事業股份有限公司
地址 231新北市新店區民權路108之4號8樓
電話 02-2218-1417　傳真 02-8667-1891
email: service@bookrep.com.tw
郵撥帳號 19588272 木馬文化事業股份有限公司
客服專線 0800221029
法律顧問　華洋國際專利商標事務所 蘇文生 律師
印刷　呈靖彩藝有限公司
初版　2020年5月
初版3刷　2024年4月
定價　新台幣350元

ISBN 978-986-359-783-4

國家圖書館出版品預行編目(CIP)資料

柳橙不是唯一的水果 / 珍奈・溫特森(Jeanette Winterson)著；韓良憶譯. -- 初版. -- 新北市：木馬文化出版：遠足文化發行, 2020.05
面；　公分. --(木馬文學；143)
譯自：Oranges are not the only fruit
ISBN 978-986-359-783-4(平裝)

873.57　　109003380